十手魂「孫六」

山田 剛

角川文庫
23429

目次

序章「沛雨《はいう》」

新月の夜、丑《うし》三つ刻《どき》――

さる商家の庭に忍び寄る黒装束に身を包んだ盗賊一味。

その中の一人が雨戸を金具で外そうとする。

がしっ。

と、音がして、そろりと雨戸が外された。

首領格の男の合図で一味が足音も立てず濡《ぬ》れ縁に上がった。

二人の男がそっと障子に手を掛けた。息を詰め、心の中で数を勘定し、息が合ったところで障子を引いた。

その時。

部屋の中で、くるりと龕灯《がんどう》が盗賊一味に向けられた。

眩《まぶ》しい明かりに不意を衝《つ》かれ、盗賊一味の腰が引けた。

龕灯の傍で、ゆっくりと腰を上げたのは――

黒の半切れ半纏《はんてん》に黒の股引《ももひき》、着物の裾《すそ》は陣ばしょり、白の鉢巻と白襷《しろたすき》に鎖帷子《くさりかたびら》を着込んだその捕方同心は、北町奉行所《きたまちぶぎょうしょ》の青江真作《あおえしんさく》である。

「待っていたぜ、盗人《ぬすっと》ども。神妙にお縄を頂戴《ちょうだい》しろいっ」

真作が朱房の十手を引き抜くと、盗賊一味も次々と脇差や匕首を抜いた。

真作は、その涼しくも凜々《りり》しい風貌《ふうぼう》に怒りをたぎらせ、十手を握る右手と左手を胸の前で交差させた。

〈破邪顕正《はじゃけんしょう》の型〉の内の〈邪〉の構えである。

「やっちまえ！」

首領格の男の一声で、一味の者が部屋の中に雪崩れ込み、真作を取り囲んだ。

一人が斬り掛かった。

その刀身を十手で受け止めると、左手で相手の右手を柄《つか》ごと摑《つか》むや、深く踏み込みながら、体全体を使い男を横転させた。

肩をめがけて切りかかる刃《やいば》は十手で受け流し、素早く回り込んで相手の手首を強打し得物を叩《たた》き落とした。間を置かず十手を相手の腕の関節に当てながら転がした。

迫り来る脇差には、十手を刃の下に擦り込み、十手鉤《かぎ》で刀身の自由を奪いながら足を払い、転倒させる。

転がした男らには間髪を容《い》れず十手を脳天に見舞い、眠らせた。

一連のしなやかで流れるような身のこなしと、足払いや関節技などの体術を駆使した真作の十手術は冴《さ》えわたり、盗賊一味はたちまち捕縛された。

「帰ったぜ」

真作は捕物の出《い》で立ちのまま、何事もなかったように八丁堀《はっちょうぼり》の与力同心長屋の我が家に戻った。

「結衣《ゆい》、そろそろ出掛けねえと、約束の刻限に遅れるぜ」

結衣は真作の愛妻で二十四になる。

今朝の結衣はあれやこれや理屈を付けては医者に行くのを嫌がった。

きょう結衣が診てもらう医者は、真作の上役である北町奉行所筆頭与力笠井《かさい》彩三《あやさぶ》郎《ろう》に口を利いてもらった巽左京《たつみさきょう》という長崎帰りの蘭方医だった。

巽は貴賤《きせん》を問わず患者を診る仁医として広くその名を知られていた。

「もし、私が勝手にお医者様に行くのを止めたりすれば、与力の笠井様のお顔に泥を塗ることになるわね」

「泥を塗るとか塗らねえとかの話じゃなくて、一番は結衣の体だろ」

「私だって青江真作の妻として、旦那様《だんな》が上役に睨《にら》まれるような真似は致したくありませんのよ。でもねえ」

また、「でもねえ」が出た。

さっきからその繰り返しだ。

結衣の仕草、言い草は子どものように天真爛漫《てんしんらんまん》、かつ機知に富んでいて愛らしい。とはいえ、亭主の真作を困らせていることに変わりはなかった。

約束の刻限は五つ半（午前九時頃）、巽の診療所は浜松町《はままっちょう》にある。ここ八丁堀の与力同心長屋から浜松町までは一里（約三・九キロメートル）足らずだが、女の足ならば半刻《はんとき》（約一時間）は見ておいた方がいいと、出立を急《せ》かしていた。

「浦賀《うらが》に行きません？」

結衣が突然声を弾ませた。

面喰《めんく》らい、ぽかんとした後で、何を言い出すのだと呆《あき》れた。

やっと医者に行く気になったかと思った矢先のことである。

結衣が言うには、新綿番船《しんめんばんぶね》がそろそろ浦賀に着く頃で、今年はどの船が一番になるのか、地元はとても盛り上がっているという。

「結衣はまるで講釈師だな。見て来たような何とかってな」

「嘘じゃありませんのよ、あなた」

毎年、河内木綿《かわちもめん》など、秋に収穫された綿の初荷を江戸《えど》に積送する船の競争が行われていた。この競争に参加する菱垣廻船《ひがきかいせん》を〈新綿番船〉といい、競争の起点は大坂《おおさか》天保山沖《てんぽうざんおき》、終点は浦賀の船番所だった。競争の勝敗には賭《か》けが行われ、結果を報《しら》せる瓦版《かわらばん》が摺《す》られるなど、新綿番船は今や秋の風物詩となっていた。

「わかったわかった、今度連れて行く」

「駄目よ、年に一度のことですもの、新綿番船は。それに、今年を逃したら、私、もう見られませんもの」

一瞬、言葉が継げなかった。

「馬鹿なことを言うな。来年、見に行く、俺がそう言っているんだ」

真作は動揺を押し隠し、強くたしなめた。

すると、結衣が驚いたように目を見張り、小さい声で「ごめんなさい」と悪戯《いたずら》をした子どもがするように、ぺこりと頭を下げた。

「そのためにも、いい医者にかかるんじゃねえか。さ、支度をしなさい」

結衣は生来、体が弱い。すぐに風邪を引くし、引けば高熱が出て、その苦しみは人より長く続いた。結衣の実家の両親も、娘は体が丈夫ではないと縁組に腰が引けていた。今でも、子がないこともあり、いつ離縁されても覚悟はできていると、ことあるごとに真作に詫《わ》びていた。

結衣も、武士の妻としての務めが満足に果たせず申し訳ありませんと、謝ってばかりいる。

時には、顔まで蒲団《ふとん》を引き上げて、声を掠《かす》れさせた。

「行って来てください、そういう所に……ごめんなさい」

夫婦になって三年、真作は結衣の明るい笑顔が好きである。御役目を終えて役宅に帰る真作を出迎える結衣の声が好きなのだ。一緒にいると心が安らいだ。

少し前にも結衣は酷《ひど》い熱に苦しんだ。薬効もなく、かかりつけ医はお手上げで、別の医者に診てもらうよう勧められた。

何人かに助言を仰いだ。結衣の体の奥には悪いものが巣くっているのかも知れない――考えたくないが、それも真作は覚悟している。

とはいえ、別の医者が診れば見立てが変わるかも知れない。蘭方は手術の技に優れていると耳にするし、よく効く薬を処方してもらえば快方に向かうのではないか、そんな期待も抱いた。

結衣は生き物が好きだ。怪我をした猫や犬、子雀《こすずめ》をみつけると拾って医者に連れて行った。怪我が治るまで夜なべして看病もした。

近頃は、とみに旅への憧《あこが》れを語るようになった。

諸国を旅してみたい、名所旧跡を歩いてみたい、行く先々の珍しい料理を食べてみたい、と。

それもこれも、己の命があまり永くないと悟っているからかも知れない。

結衣はふらりと貸本屋を覗《のぞ》いては旅の絵本や書物を借りて来た。読み終えると、書物から得た知識を真作に語り聞かせた。

初めのうちは、聞いてやらねば、という気持ちで、感心したり面白がる素振りをした。終日聞き込みや探索をして帰った夜は、さすがに上の空になった。

それでも、毎晩のように結衣の話を聞くうちに、いつしか真作からも問い掛けをするようになった。ふたりで額を突き合わせて、城下町の絵地図を眺め、指で町を、橋を、街道を辿《たど》った。

活《い》き活きと目を輝かせる結衣を見ていると、迷いが生じた。

蘭方医の診察を受ければ、場合によっては、病が重いという辛《つら》い事実を突きつけられるかも知れない。だが、診察など受けなければ、己が重い病だと知ることはなく、病を知って気持ちが落ち込むこともない。

薬効に期待するよりも、湯治に行ったり憧れの旅に出て心楽しい思いをする方が、結衣の人生にはよほど良いのではないか、そんな思いも交錯した。

そういう考え方は、恐怖や試練、困難から目を逸《そ》らせる臆病《おくびよう》者の考え方なのだろうか。

仕事をする痛みを忘れるでない——それが亡き父の遺言だった。

真作なりにその意味合いを肌で感じてきた。だが、御役目にかまけて、妻の病に気づけなかったのは痛恨の極みだった。

蘭方医に診察を頼む前も迷い、頼んだ後も迷い、診てもらえることになり、診察日が今日と決まった今の今まで、迷い続けた。

さんざ迷った末に、結衣に言った。

「取《あ》り敢えず、今日は医者に行こう。先生に診てもらい、薬をもらおう。間に合えば浦賀に行こう。浦賀が間に合わぬのであれば、湯治場に行かぬか、草津《くさつ》か箱根《はこね》にでも」

夜も昼もなく事件を追って駆けずり回る定町廻《じようまちまわ》り同心稼業、御役目を休んで旅に行く者の話など、北町奉行所にあってこれまで誰一人として聞いたことがない。果たせる当ても自信もない、口から出まかせのような約束を口にして結衣を送り出した。

入口の土間でまた結衣の足が止まった。

「あなた、どうして私を奥さんにしてくれたのですか」

「何を今さら」

「だって、気は優しくて力持ちの人っておりませんもの、あなたみたいな」

入口の戸を開けて、結衣はどんよりとした空を見上げた。雲行きが怪しく、番傘を持って行くかどうか結衣は迷った。

「大丈夫よね」

真作も土間に降りて空を見上げ、気のない相槌《あいづち》を打った。

「大丈夫、あなたなら」

結衣は自分に言い聞かせるように言い、結局、傘は持たずに家を出た。

「御用だ、神妙にしろいっ」

振り返った結衣が十手を構えるふりをし、ぷーっと両頬をふくらませて睨《にら》んだ。ほっぺた一杯に溜《た》めた息を、戯《ふざ》けたように吐き出し、弾《はじ》けるような笑顔を傾けた。

それが、真作が見た結衣の最後の笑顔になった。

汐留橋《しおどめばし》に差し掛かる頃に、ぽつぽつし始めた雨は、宇田川町《うだがわちょう》の通りに入ると、本降りになった。

結衣は通りに面した地本《じほん》問屋に飛び込んで雨やどりをした。

「随分降りますねえ」

店の奥から女主人の声がした。

結衣と同じ年格好で、身につけているものも、結衣の着ている小袖《こそで》の色合いと柄がとてもよく似ている。

台に並んだ書物を手に取って頁を繰るものの、恨めしげに雨空を見上げてばかりいる結衣を見咎《みとが》めたらしい。

「すみません、しばらくの間、雨やどりをさせてください」

「どうぞどうぞ。どちらかお出掛けですか」

「ええ、ちょっとお医者様に」

「あら、それはお困りですね。これだったらお貸しできるんですけど」

女が一本の番傘を差し出した。

「駿河屋《するがや》さんの借り物なんです。うちのを貸してあげたいけど、一本しかないし、それに古くて破れ傘なんですよ」

傘には駿河屋の印と番号が書かれていた。

「雨が上がったら今日でも明日《あした》でも駿河屋さんに返してくだされば、こちらも大変助かります。ご存じですか駿河屋さん、日本橋《にほんばし》のお茶のお店です。ごめんなさいね、お武家様の奥様に失礼なことを言って」

雨は止みそうになく、診察に遅れるのもまずいので、結衣は傘を借りた。

足を急がせ、日蔭町《ひかげちょう》を抜けてようやく巽左京の診療所のある浜松町の通りに入った。

傘を打つ雨の音はますます高くなり、耳をつんざくようだ。

向こうから駆けて来る足音も追い抜いていく足音も、忙しく言葉を交わす声も全く耳に届かない。雨音のほかは音のない不思議な世界を、結衣は歩いていた。

時折、ひゅうと、甲高い唸《うな》りを上げて強風が横から吹き付けると、雨が掻《か》き乱されて目の前が真っ白になる。

結衣の背後から、ふらふらと、ずぶ濡《ぬ》れの男の足がついてくる。

無論、結衣は気づいていない。

覚束《おぼつか》ない足取りの男の目は据わり、半開きの口から酒の匂いが、はあはあと、吐き出されるが、それも雨風が吹き飛ばしてしまう。

再び横からの強い風が雨簾《すだれ》に吹きつけると、一瞬、男の視界から結衣の後ろ姿が消えた。

慌てた男の足が速くなり、その眼前に結衣の背中が迫った。

傘を飛ばされないよう両手で固く柄を握り、下ばかり見ている結衣には、近づく男の足音にも気配にもまったく気づけなかった。

どんと、いきなり背後から誰かがぶつかった。

次の瞬間、背中に走った熱い痛みが全身を駆けた。

直後、結衣の意識はすうっと遠のき、傘が雨風に吹き上げられた。

結衣はゆるやかに膝《ひざ》から崩れ落ちて、水溜《みずたま》りの中に倒れ伏した。

舞い落ちた傘がころころと転がって止まった。

刺した男は顔を歪《ゆが》め、捨て鉢な笑みをこぼしながら、倒れている結衣の近くまで寄った。

男が手にした庖丁《ほうちょう》の刃先から、赤い滴が、ぽたぽたと落ちる。

男は回り込んで、結衣の体を足蹴《あしげ》にして起こした。

その途端——

男は大きく目を見開き、よろよろと後退《あとじさ》り、腰から水溜りに落ちた。

「ち、ち、違う……」

男は訳のわからないことを喚《わめ》き散らしながら、雨に打たれる結衣を打ち捨て、この先の金杉橋《かなすぎばし》に向かってあたふたと駆け出した。

水飛沫《みずしぶき》を撥《は》ね上げて、若い岡っ引きが木挽町《こびきちよう》の番屋に駆け込んだ。

「女を刺した野郎が人質を取って火《ひ》の見櫓《みやぐら》に立て籠《こ》もっています」

「どこの火の見櫓だ」

間髪を容《い》れず、真作が訊《き》いた。

「赤羽橋《あかばねばし》の広小路です」

「女が刺された場所は？」

「浜松町の往来です」

一瞬、瞼《まぶた》に力が入った。

浜松町は結衣が診察を受ける巽左京の診療所のある町だった。

「刺したのは町人で、後ろから庖丁でひと突き。刺されたのは、日本橋の茶問屋駿河屋の客です」

「どうして駿河屋の客だとわかったんだ」

「刺された女の側に転がっていた番傘に、駿河屋の印と番号があったそうで」

店によっては、客に貸し出す雨傘を用意していた。誰に貸したかわかるよう、傘に店の印のほかに番号が記されたことから雨傘を番傘と呼ぶようになった。

（結衣ではなさそうだ……）

不謹慎だが、内心、胸を撫《な》で下ろした。

下手人は一人だが、不測の事態に備え、応援を頼みに小者を走らせた。

真作は網代笠《あじろがさ》をかぶり、若い岡っ引きを従え、降りしきる雨の中に飛び出した。


土砂降りの雨簾を掻き分けるようにして赤羽橋の広小路まで駆けつけた。

絶え間なく降る雨にけぶる黒々としたその威容――

四方を黒塗りの下見板で張り巡らせた、高さ三丈三尺（約一〇メートル）、裾広《すそ》がりの堂々たる火の見櫓である。火の見櫓の多くは裾まで下見板は張られていないが、ここは火消し道具を入れる物置小屋が設《しつら》えられていた。

この雨にもかかわらず、犇《ひし》めく野次馬が火の見櫓を遠巻きにして、事件の行方を固唾《かた》を呑《の》んで見守っていた。

真作は若い岡っ引きに見張りを命じ、素早く近くの番屋に入った。

「ご苦労様でございます」

「おう、お前たちもな」

中にいたのは年配の岡っ引きと番太郎の二人だけだった。

「下手人はまだ櫓の中にいるんだな」

「へい、若いのを見張らせておりますので。若い母親と小さな子どもが人質になっています」

「下手人が人質を取った成り行きは？」

「鉢合わせしたんです、俺たちと。俺たちが番屋を出た時に、ちょうど野郎が駆けて来やがって。見ると血の付いた庖丁を握ってたんで、取っ捕まえようとしたんですが、折り悪しく子連れの母親が通り合わせまして。野郎は庖丁で母親の傘に切りつけるなど大暴れすると、母親に刃物を突きつけながら火の見櫓の中に逃げ込んでしまいました……申し訳ありません」

年配の岡っ引きが悔しげな顔で頭を下げた。

「お前たちのせいじゃねえ。よし、人質の命だけは何としてでも助けようぜ」

「へい」

「刺された女の身許《みもと》や容態はわかったのか」

「小者二人を走らせております。女が刺された浜松町と駿河屋と」

「女が差していた傘が、茶問屋の駿河屋が貸し出した物らしいな」

「へい。ですので、おっつけ、身許はわかると存じます」

真作は表に出て、火の見櫓とその周囲を検《あらた》めた。

下手人は袋の鼠だが、櫓の小屋への出入りは正面の入口一つに限られており、強引な突入は難しそうだ。となれば、下手人を説得するしか方法はないか。

真作は油紙を張った腰高障子に近寄り、中に声を掛けた。

「俺は北町奉行所の青江真作だ。お前の名を聞かせな」

言いながら、そっと戸の桟に指を掛け力を籠《こ》めた。障子には心張り棒が支《か》ってあった。

「う、う、うるせえ」

「なぜ、女を刺した。あの女にどんな恨みがあるんだ」

「お、お、女は死んだのか。えっ、し、し、死んだのかって訊いてんだよ！」

言葉がつっかえるのは、男が追い詰められたと感じている証《あかし》だ。

「わからねえ。今、調べに人を走らせている」

「死んだかどうか、わかったら教えろ」

「もう一度訊く。なぜ女を刺したんだ」

「う、うるせえ。む、む、向こうへ行け」

それっきり、真作がいくら話しかけても、男からは何も返らなかった。

小屋の中から微《かす》かに酒の匂いがした。

（呑んでるな……）

そこへ、二人の小者が調べから戻った。

真作もすぐに番屋に戻って調べの結果を聞いた。

小者のひとりが口を開いた。

「駿河屋が言うには、刺された女が持っていた傘の番号ならば、宇田川町の地本問屋の春江《はるえ》だというんで、引き返す途中、店に寄って来たんですが……」

「どうした」

「それが、春江はぴんぴんしていたんでさ」

「どういうことだ」

「春江は、その傘は確かに駿河屋から借りた物だが、店で雨やどりした女に貸したと、そう言うんで」

真作はすぐに不運な事情を呑み込んだ。

「刺された女は人違いだったというのか」

「何でもその客は、医者に行かなきゃならねえと急《せ》いていたらしく、それで傘を借りたようです」

(医者に行こうとしていた……？)

「春江は青くなっていましたよ、自分の身代わりで誰かが刺されたと知って。本当は自分が刺されていたのかと思うとって、震えていました。その上で、自分を殺そうとしたのは、丈吉《じょうきち》って男かも知れねえ、春江がそう言ってました」

地本問屋の女、春江は雨やどりの客に傘を貸した。借りた客の女はこれから医者に行こうと急いていた――真作に強い不安が込み上げた。

(刺されたのは結衣かも知れない)

真作はもう一人の小者に訊いた。

「刺された女が担ぎ込まれたのはどこだ」

「浜松町四丁目の巽左京って医者の診療所です」

結衣が行くはずの診療所だ。もしも刺されたのが結衣だとしたら、何という巡り合わせだろう。

「それで、女の容態は」

「どうも、いけねえみてえで」

小者が首を横に振った。

人を刺した上に人質を取って火《ひ》の見櫓《みやぐら》に立て籠《こ》もるという凶悪な事件が起きたと聞いて、診療所の患者たちに動揺が広がっていると、小者が付け加えた。

結衣のことは心配だが、自身の不安は胸の奥に仕舞い、いま起きている事件に向き合おうとした。

「丈吉の身の上については何かわかるか」

「この先の日蔭町の長屋に母親と二人暮らしです。親思いの孝行息子だと評判は悪くありません」

「わかった。本屋の春江って女と丈吉とはどんな間柄なんだ、何か言ってたかい、春江は」

「春江はどこかの店の跡継ぎに見初められたそうですが、そのことは自分の口からきちんと丈吉に打ち明けたし、丈吉も納得してくれたと言ってました。丈吉から幸せになりなよと言われたので、春江も、これまで仲良くしてくれてありがとうと感謝して、ふたりで涙をこぼしたと言ってました」

火の見櫓の入口に寄った時、中から微かに酒の匂いがした。

丈吉はきっと気の弱い男なのだ。

新しい男ができたと言われて、そんな男より俺と一緒になってくれと引き止める気の強さはなく、物わかりのいい返事をしてしまったのだろう。ところが、春江へのどうしても消せない未練に苛《さいな》まれ、次第に物事の見境がつかなくなり、酒の力を借りて凶行に及んでしまった、そんなところか。

ところが、春江だと思って刺したのが人違いとわかって気が動顛《どうてん》し、ゆきずりの母子を人質に取って火の見櫓に立て籠もる羽目になった。

丈吉は今頃、何でこんなことになってしまったのかと、無残な事の成り行きに恐れ慄《おのの》き頭を抱えているに違いない。

己の身は袋の鼠。春江への恨みは晴らせず、別の女を刺してしまった。この先に見えるのは希望のない明日《あした》だ。捨て鉢になって、何をするかわかったものではない。

人質の母子の身が心配だ。

丈吉は、刺した女の容態を、言葉をつっかえさせながら訊《き》いていた。

元々、孝行息子と思われているくらいだから決して荒々しい心の持ち主ではあるまい。間違って刺した女の容態が気に懸かり、もしも死んだら、と恐怖と不安が胸に突き上げているのかも知れない。

真作は熟慮ののち、再び丈吉が立て籠もる火の見櫓に向かった。結衣を刺したと思われる男に、これ以上の罪を重ねることのないよう説得するために。

だが、結衣の命を奪おうとした男と、冷静に向き合えるだろうか。

「北町の青江だ。お前の身許《みもと》を調べた。日蔭町の丈吉に間違いねえな」

「そうだ」

「丈吉、よく聞くんだ。お前が春江と間違って刺した女は命を取り留めた。安心するがいい」

真作自身の祈りを込めて、確かめきれていないことを口にした。

「ほ、本当か」

安堵《あんど》の響きがある。

「本当だ。今、使いの者が戻った。よかったな丈吉」

「………」

黙っている丈吉の心の声を、真作は必死で聞こうとした。

「なあ、丈吉。まだ春江のことが憎いかい。お前は心優しい男だ。春江のことも心から好いていたに違いない。だからこそ、お前の思いとは裏腹に、春江に幸せになれと言ったんだ。そうだな」

「…………」

「お前もここから無事に逃げおおせるとは思っていねえだろう。だが、これ以上罪を重ねず、大人しくお縄を頂戴《ちょうだい》しな。母と子を無事に返したとなりゃ、お上にだってお慈悲はある。おっかさんを悲しませちゃいけねえ」

「…………」

「丈吉」

「わかったよ」

観念した低い声が返った。

暗闇に明かりを見た思いがした。

「丈吉、一つ頼みがある。ここを出たら診療所に行って、お前が間違って刺した女の見舞いに行ってくれねえか」

「それも、わかったよ」

真作は小さく安堵の息を吐いた。

中で戸口に寄る足音がして、腰高障子に淡い人影が映った。

「旦那《だんな》、俺からも頼みがある」

「おう、何でも言ってみな」

「俺がお縄になる姿を、おっかあだけには見せたくねえ。お奉行所には日陰町を通らねえでくれませんか」

「わかった、そうしよう」

「ありがとうございます」

ことりと、心張り棒を外す音がした、その時。

「丈吉！　丈吉！」

老いた女の声がした方を、真作はぎらりと振り向いた。

傘も差さず、覚束《おぼつか》ない足取りで老女が近づいた。

（まずい、丈吉の母親か）

「騙《だま》しやがったな！」

丈吉の怒声が響いた。

わずかばかり戸を開けて中を覗くと、丈吉が母子に庖丁《ほうちょう》を突きつけていた。

「丈吉、落ち着け。血迷っちゃならねえ」

真作を押し退けるようにして、老女が戸口に顔を覗かせた。

濡れ鼠の老女を見て、丈吉が顔を歪ませた。

「だ、駄目じゃねえかおっかあ、あんなに酷い熱だったのに……」

「丈吉、お前、何てことを……お前が手に掛けたお方は、あたしたちの前で息を引き取ったよ」

母親は身を捩《よじ》り、血を吐くように言った。

その言葉が真作の体の中を貫いた。

(結衣が、死んだ……!)

奇遇だが、母親は巽左京の診療所にいたようだ。

「そんな……旦那はさっき、い、い、命を取り留めたと言ったじゃねえか」

「…………」

真作は返す言葉がみつからなかった。

「その人たちをお家に帰してあげるんだ。丈吉、これ以上人様に迷惑を掛けちゃいけないよ」

「おっかあ、俺はもう駄目だ、獄門台だよ」

「お上にも慈悲はある。はやまるな丈吉、捨て鉢になっては駄目だ」

「そ、そんな口車には、乗らねえ!」

「丈吉」

「早く、その人たちを、早く」

「向こうへ行け。みんな、い、いなくなれ！　き、消えろ！　さもねえと……」

丈吉が刃を子どもの母親の喉元《のどもと》に突きつけた。

「あぁっ」

老女が戸を大きく開けて中に飛び込むと、丈吉に抱きつくようにして、庖丁を取り上げようとした。

その機を逃さず、真作も踏み込んだ。

だが、一瞬遅く、血飛沫《ちしぶき》が舞い散った。

真作もその返り血を浴びた。

丈吉が力任せに振り回した庖丁が人質の母親と実の母親の喉元を切り裂いてしまったのだ。

真作は咄嗟《とっさ》に女の子をかき抱いて、この惨状を見せまいとした。

「医者だ、医者を呼べ！」

真作は血に染まった顔を振り向け、叫んだ。

直後、半狂乱の丈吉が自らの頸《くび》を掻《か》き切った。

小屋の中は夥《おびただ》しい血に染まった。

　やがて、捕方が駆けつけ、丈吉、丈吉の母親、そして人質の母親の亡骸《なきがら》が戸板に乗せられ、筵《むしろ》を被《かぶ》せられて奉行所に運ばれて行った。容赦なく降り続ける雨に打たれながら立ち去る無残な一行を、真作は力なく佇《たたず》み、見送った。

「早く行ってやれ」

　筆頭与力の笠井が硬い声を掛けた。

　真作は浜松町の巽左京の診療所に行き、寝台に横たえられた結衣と無言の対面を果たした。

　巽の妻の手により薄化粧が施され、紅もさしてもらい、綺麗《きれい》な死顔だった。

　傍に置かれた血に染まった番傘と一冊の書物が目に入った。

　真作は血に濡《ぬ》れた書物を手に取った。

　それは滑稽本《こっけいぼん》だった。

　往来物でもなく黄表紙でもなく、結衣はなぜ滑稽本など買ったのだろうか。

　雨やどりさせてもらい、何を選ぶでもなく義理で買ったのだろうか。

　それとも、くすりと笑える本でも読みながら、診察前の不安な気持ちを紛らせようとでも思ったのだろうか。

今朝、結衣は医者にかかるのを嫌がっていた。もしかすると、虫の報《しら》せがあったのかも知れない。どうしてそれに気づいてやれなかったのか。

真作は血染めの番傘に目を移した。

雨さえ降らなければ、本屋に雨やどりすることはなかった。

本屋に入らなければ、傘を借りることもなかった。

傘を借りなければ――

次から次へと後悔が募り、己を責めた。

(医者になんか行かせなきゃよかった。行かせなきゃ、人違いで殺されることもなかった……)

何より真作を苦しめたのは、結衣の限りある命を全うさせることなく、突然、二十四年の人生を閉ざしてしまったことだ。結衣を見送ることも叶《かな》わず、さらに三人もの命を失ってしまった――

不意に、今朝の別れ際の結衣の言葉が甦《よみがえ》った。

「大丈夫、あなたなら」

あれはどういう意味だったのだろう。

真作は思い至った。

結衣は、医者から重い病を宣告されるのを覚悟していたのではないか。

やがて自分がこの世からいなくなる日が訪れて、真作が独りになる。それでも、この先も生きていけるわね、生きていってよ。

結衣はそう願っていたのだろう。

真作は堪《たま》らず表に飛び出した。

雨はさらに激しさを増していた。

真作は天を仰いだまま、雨に打たれた。打たれ続けた。

そして、大手を広げ、血の涙を振り絞って叫んだ。

「結衣！」

真作の叫びが、沛然《はいぜん》たる雨を伝って天に駆け上った。

第一話「償い」

1

文政《ぶんせい》七年（一八二四）神無月《かんなづき》、十月。実りの季節――

夜明け前、空に星がまだ残る頃、荷車を曳《ひ》いて神田相生町《かんだあいおいちょう》の店を出た孫六《まごろく》は、神田の青物市場、通称〈やっちゃば〉の通りにあった。

町の通りを挟んでびっしりと野菜や水菓子を商う店が建ち並んでいる。

孫六は何でも一皿四文で商う四文屋《しもんや》の主人で、今朝も日々の仕入れに訪れたのである。

「孫さん、たまにはうちにも顔出して」

「ありがとよ」

「孫さん、自然薯《じねんじょ》のいいのが入ったよ」

「帰りに覗《のぞ》かしてもらうよ」

「馬込《まごめ》人参ならうちに任して」

「知ってるよ」

裾《すそ》をからげた気品ある深い紺色の小袖《こそで》、それと対照的に爽《さわ》やかな水色の股引《ももひき》という孫六の出《い》で立ちは、車を曳き、天秤棒《てんびんぼう》を担いで行き交う多くの仕入れ客の中にあって、一際目を惹《ひ》く。

使い慣れた手拭《てぬぐ》いで頬被《ほおかむ》りをしているが、それが却《かえ》ってその涼しくも凛々《りり》しく整った顔貌《かおかたち》を引き立たせてしまう。

歳は三十四、まさに脂の乗った男盛りである。

「いい男だねえ」

「ほんと、まるで役者絵から抜け出たようだよ」

「声がいいのさ。役者顔負けの、痺《しび》れるような甘い声」

「朝からいい目の保養ができたさ」

おかみさんたちが手を止めて、うっとりと孫六を見送った。

そんな塩梅《あんばい》なので、亭主《や》が焼き餅《もち》を焼く。

「口はいいから手を動かしな」

「孫さんよ、うちの前通る時はさっさと通り過ぎてくんなよ」

店主が口許《くちもと》に両手を添えて大声で冗談を言い、周りの笑いを誘う。

通りに響く陽気な呼び声、威勢のいい掛け声、重なり合う車輪の音。車や店の奥から運び出した荷を地べたに下ろす音。その拍子に舞い上がる土煙り。

〈やっちゃば〉は威勢のいい男たちが立ち働く元気な町である。

従って、口喧嘩《くちげんか》もしばしば起きる。

「どっちにも言い分はあるだろうが、客の前じゃみっともねえだけだぜ」

それを、やんわりと上手に仲裁するのも孫六である。

ここ、神田青物市場は、多町《たちよう》、連雀町《れんじやくちよう》、雉子町《きじちよう》、佐柄木町《さえきちよう》、隅田町《すみだまち》の五つの町からなる江戸有数の青物市場で、千住《せんじゆ》、駒込《こまごめ》とともに江戸三大やっちゃばと呼ばれている。

主に、神田川《かんだがわ》沿いの河岸と、日本橋川《にほんばしがわ》の鎌倉河岸《かまくらがし》の荷揚げ品を扱い、その広さは、およそ一万五千坪、まさに江戸の台所と呼ばれるにふさわしい活況を呈している。

通りを挟んだそれぞれの店先には、大振りの竹籠《たけかご》や木箱に入れられた小松菜や三河島菜《みかわしまな》といった葉物や、亀戸《かめいど》大根や滝野川《たきのがわ》牛蒡《ごぼう》、馬込人参といった土物の野菜が山のように並べられている。また、荒縄で括《くく》られ束ねられた葱《ねぎ》がうずたかく積み上げられている。

店の主人や店員が客の応対をしながら、まだ荷が解かれていない木箱や葛籠《つづら》からどんどん品物を取り出している。

そうした朝の喧騒《けんそう》の中を、孫六は馴染《なじ》みの店のある連雀町に向かった。

「いらっしゃい、孫さん」

潑剌《はつらつ》とした若い店主が孫六をみつけて、手を振った。

「いつものように裏に回って、いくらでも持って行ってください」

「ありがとよ」

孫六は車を店の裏手に回す。

孫六のために用意された籠や木箱に葉物や根菜の野菜が投げ入れられている。みな、切れっ端やら折れたのやら、売り物にならない野菜ばかりである。

それらを持参した空の竹籠に移し替えて値を訊《き》く。

「これで」

若い店主が前掛けの陰で、こっそり指を二本出した。

「いつもすまねえな、恩に着るよ」

「毎度ありがとうございます！」

孫六が渡した支払いの銭を、店主は無造作にどんぶりに押し込む。

「ありがとよ」「すまねえな」「恩に着るよ」と、口にする礼の言葉は決まり文句だが、孫六は若い店主に手を合わせたいくらい、心から感謝していた。清々《すがすが》しく俺の一日の幕を開けてくれるのは、あの若い店主だ。俺はあの若者に支えられているんだ、と。


「親分」

荷車を曳く孫六の横に並んだのは下っ引きの三吉《さんきち》である。剽軽《ひょうきん》で身も軽く、気楽な上に財布も軽い二十歳前の若者である。

「誰かと思えば三吉じゃねえか。よさねえか親分と呼ぶのは。何度も言い聞かせたように、お前は木之内《きのうち》の旦那《だんな》の手下だ。そのお前に親分と呼ばれる筋合いはねえよ」

木之内というのは、北町奉行所《きたまちぶぎょうしょ》の定町廻り《じょうまちまわり》同心、木之内一徹《いってつ》のことで、孫六はその木之内から手札をもらっている。

つまり、孫六は四文屋の主人の身でありながら、十手を預かる岡っ引きなのだ。

「いいじゃありませんか、親分みたいなもんですから。大変ですねえ、毎朝の仕入れは」

「今朝もいいのが手に入ったよ」

「けど、籠の中の野菜は、折れたのやら切れっ端ばっかりじゃありませんか」

「味は一緒だ、見てくれは関係ねえ。うちは何でも一皿四文の四文屋だからな、仕入れ値は出来るだけ抑えねえとな」

「何の商いも楽じゃありませんね。親分、あっしが曳きましょう」

「ありがとよ。載せてる籠は大して重くはねえんだ。重いのは荷車そのものだ。お言葉に甘えて押してもらおうか」

「よしてくださいよ、お言葉だなんて」

行き交う若い娘に、「いよっ、綺麗《きれい》だね。おいくつ」などと親しげに声を掛ける三吉に、孫六は苦笑いである。

「事件がねえのが一番ですねえ、親分」

「三吉の言う通りだ。日々平安が何よりの幸せよ」

「親分、ちょいと訊いてもいいですか」

「何でえ、あらたまって」

「お倫《りん》さんとはゆくゆく夫婦になるんでしょ？」

「朝っぱらからつまらねえ話をするねえ」

「ならねえんですか」

「先のことは神様だってわかりゃしねえよ」

「脈はあるってことですね」

「わからねえって言ってるだろ」

「決まったら教えてくださいね、お祝いしますから」

「余計なお世話だが、気に掛けてくれてありがとよ」

孫六の店、四文屋〈柚子《ゆず》〉は、神田川に架かる和泉橋《いずみばし》から七町（約七六〇メートル）ほど北にある神田相生町の一角にある古びた二階屋である。元は煮売り酒屋で、金を掛けず、すぐに商いを始められるよう居抜きで買った。

四文屋は、両国広小路《りょうごくひろこうじ》などでよく見掛ける屋台の店だが、孫六は店を構え、屋台では串《くし》に刺して商う惣菜《そうざい》を、見目よく色や形の変わった小皿や小鉢に入れて、棚に並べている。

一階は、縄暖簾《なわのれん》をくぐると、すぐそこは小さな待合で、長床机《ながしょうぎ》と樽《たる》椅子が置いてある。その奥に客向けの十二畳ほどの板の間、通路を挟んだ右手前に板場、その向かいに、二畳ばかりの板の間に続いて孫六の部屋が二つある。

二階にも二間あって、店を手伝うお倫が住み込んでいる。

そのお倫は、店の裏手で、襷掛《たすきが》け、前掛け姿で竹籠の中の野菜を、水を張った桶《おけ》に移して洗っている。

名前の響きそのままに、凜《りん》とした女性である。

泥の付いた根菜類を洗うと、たちまち桶の水が黒く濁る。濁るとすぐに野菜を別の桶に移す。

濁った水はどぶに流し、井戸の水を汲《く》んで桶に満たすのが孫六の役目である。

店を開くと決めて家を探し始めて何軒目だろうか、ここが売り出されていると知って下見に来た。その時、購入の決め手となったのが、裏庭に掘り抜き井戸があることだった。毎日扱う野菜を洗うには、井戸は本当にありがたいからだ。

今の店を買うにあたっては、もう一人の買い手と争奪戦になった。

その争奪戦の相手がお倫だった。

お倫は〈ぽん太《た》〉という芸名で深川《ふかがわ》では押しも押されもせぬ人気の辰巳《たつみ》芸者だったが、一年前に足を洗っていた。

芸者を辞めて深川を引き払った直後は馬喰町《ばくろちょう》の旅籠《はたご》に長逗留《ながとうりゅう》をしていた。それから近くの橋本町《はしもとちょう》に家を借りて、何か店でもやろうと店探しをしている最中に、今の店と孫六に出会ったのである。

しこたま貯め込んだ金の力で、お倫が店の買取金額を惜しげもなく吊《つ》り上げるものだから孫六と大喧嘩《おおげんか》になった。

「こっちは四文屋をやるって決めているんだ。これから何か始めようかと思案しているお前さんとは違うんだよ」

孫六が怒気を含ませ、仲裁に入った地主を大いに困らせた。

お倫が共同経営を持ちかけるが、孫六はそれを直ちに拒否。度重なる話し合いの末にお倫が出した折り合いの条件が、二階の部屋に住み込んで、店の手伝いをすることだった。

一方、孫六が頑として主張し譲らなかったのは、店は四文屋、購入は居抜き、屋号の三つだった。

屋号の〈柚子〉は〈柚《ゆず》の大馬鹿十八年〉〈柚は九年の花盛り〉の柚子で、店が繁盛するまでの長い辛抱と覚悟を、その屋号に託したのである。

2

浅草瓦町《あさくさかわらまち》は肩を寄せ合うようにして小さな民家が建ち並ぶ町である。

その路地の奥まったところにある古いしもた屋——

「綾乃《あやの》、支度はできたのか」

浪人の海津七郎太《かいづしちろうた》は袴《はかま》を着けながら、奥に向かって声を張った。

伸ばし放題の無精髭《ぶしようひげ》、髭の中に顔がある、そんな印象である。

しかし、光を湛《たた》えた双眸《そうぼう》は鋭い。

「とうの昔でございます」

身支度を整えた小柄な娘が顔を見せる。

愛らしい顔立ちだが、黒目がちの瞳《ひとみ》が意志の強さを感じさせる。

出《い》で立ちは地味だが、若さが匂い立つ十七歳の綾乃である。

海津はこの綾乃と二人暮らしである。

「私、あまり気が進みません」

「まだ申すか。田嶋屋《たじまや》の誠之助《せいのすけ》は、その名の如く、いまどき珍しい誠実な男だ。わしの目に狂いはない。あとは綾乃自身の目で人物を確かめればいいだけの話だ」

田嶋屋は、日本橋 通油町《とおりあぶらちょう》にある江戸で指折りの紅白粉《べにおしろい》問屋である。

誠之助はその田嶋屋の惣領《そうりよう》で、今年二十一になった。その誠之助が町で買い物をする綾乃を見初め、是非とも妻にと、人を介して海津に申し入れてきた。

熱心で誠実な申し入れを受け、海津は一度誠之助と会った。今夜は誠之助の誘いで、綾乃も交え、三人で食事をすることになっていた。是非一度親しく綾乃と話がしたい、直に己の思いを伝えたいと、誠之助から強く頼まれていたのである。

「父上、御髪《おぐし》が。お座りください」

綾乃は手鏡を海津に渡し、後ろに両膝《りょうひざ》を突く。櫛《くし》で海津のほつれた髪を梳《と》かし、整える。

「どうしても」

海津と綾乃が声を揃えた。

思わず二人とも苦笑いをこぼした。

手鏡を通して目を見交わすと、綾乃が目で海津に譲った。

「綾乃、どうしても誠之助殿と会うのは嫌か」

「嫌ではありませんが」

「いるのか、誰か」

海津は手鏡越しに綾乃を見詰める。すると、

「どうしてもお剃《そ》りになりませんの？」

綾乃が話を逸《そ》らせた。

「いつも申しておるであろう、この髭を剃るのはお前が嫁ぐ日だ」

「また、そのようなお戯れを」

「戯れではない、本心だ」

「では、永遠《とわ》にそのままですのね」

「何をたわけたことを」

「私、どこにもお嫁になど参りません。私はずっと父上のお側におります」

「それでは、わしは永遠に後添えは貰《もら》えぬな」

綾乃は髪を梳《す》く手を止めると、海津の前に回って膝《ひざ》を揃えた。

「そのような御方がいらっしゃるのですか」

きっとした視線を向けられて、海津は目を逸らした。

「いや、喩《たと》え話だ」

「そのような御方がお出来になったら、真っ先にこの私に教えてくださいね、父上」

綾乃が語気強く言った。

余計なことを口にしてしまったかと、海津は悔やんだ。

「わしは、一日も早くお前の父にいい報告をしたい、それだけなのだ」

「いい報告とは何でしょう」

「決まっている。お前が良き伴侶《はんりょ》を得て、子を生《な》し、幸せになることを、だ」

「随分古めかしいお考えですのね、父上は」

綾乃は再びきっとした視線を投げると、腰を上げて部屋を出て行った。

「お前の父に」と海津が口にしたように、綾乃は海津の実の娘ではない。綾乃が七つの時に引き取り、今日まで男手一つで育ててきた。

年頃になると、器量がいい綾乃には、いくつもの縁談が持ち込まれるようになった。ところが、綾乃は何かと口実を付けては断り続けていた。

それには理由があった。

綾乃はいつしか海津に対して、父としてではなく、一人の男として淡い慕情を覚え始めていた。

この十年という歳月、苦楽をともにしてきた海津と綾乃である。海津とて綾乃の気持ちに気づかぬはずはなかった。だが、じっと気づかぬふりをした。

「綾乃、誠之助殿を待たせてはならぬ、参ろう」

海津は交錯する様々な感情を振り払い、腰を上げた。

神田相生町にある四文屋〈柚子〉の店先の提灯《ちょうちん》に火が入っている。

「いらっしゃい」

お倫のよく透《とお》る声が店内に響いた。

孫六も、しっかり煮込んだ芋や大根、焼き豆腐に蒟蒻《こんにゃく》などの惣菜《そうざい》を入れた小鉢や小皿を盆の上いっぱいに載せて、板場から出て行った。

縄暖簾《なわのれん》を両手で割って店に入って来たのは、育ちの良さを漂わせる若い男だった。おそらく規模の大きな商家の者だろう。

「ご主人」

男は優しく穏やかな声で呼び掛けた。

「この店では部屋を貸してもらえると、人に聞いて来たのですが」

「どうぞお使いください。お倫さん」

お倫に案内を頼むと、孫六は、土間の所定の棚に盆の小皿や小鉢を並べていく。

すると、男は興味深そうに、孫六の作業を覗《のぞ》き込んだ。

「客がこの中から好きなものを選んで持っていくのですね」

「左様で」

「美味《おい》しそうではありませんか」

「ありがとうございます」

「これがどれも一皿四文なのですね。そうか、小鉢や小皿の数を勘定すれば、支払いがすぐに済ませられますね。考えましたね」

「別にあっしが考え出したわけじゃありません」

そこへ馴染《なじ》みの客が飛び込んできた。

「孫さん、今日からの〈三日限り〉は何だい？」

「これよ、〈しもつかれ〉だ」

孫六が並べた小皿の一つを指差して教えた。

「あとでもらうよ」

馴染みの客はいそいそと板の間に上がった。

「しもつかれ、ですか。変わった名前ですね、初めて聞きました」

「下野《しもつけ》の郷土料理だ。土地の人は〈しみつかれ〉と言っていた。本当は二月の初午《はつうま》の日に、五穀豊穣《ごこくほうじょう》と無病息災を願って作るんだ。この赤いのは鮭の頭だ」

「大根、人参、油揚げに豆も入っていますね」

「それを酒粕《さけかす》と一緒に煮込むんだ」

「手間が掛かるんですよ。焦げないよう気をつけながら、お砂糖やお塩も加えるの」

お倫が口を挟んだ。

「冷やして食べるのも、なかなかオツなんだがな」

「私も後でいただきます。ところで、今のあの人は何て言ってましたか、三日限りと聞こえましたが」

「左様で」

〈三日限り〉とは、孫六が考えた、店の、言わば〈売り〉である。

孫六は何年か諸国を旅している。その旅先でめぐりあった、その土地土地の日々の暮らしの中で培われた素朴な味、郷土料理を日誌に書き留めた。

その日誌をもとに、孫六なりに思い出しつつ作った料理を提供している。

その土地でしか手に入らない材料を使う料理は扱えないが、江戸でも手に入る材料を使い、精一杯、地元の味を思い出して、土地の味に近い料理を出したいと考え出した試みだった。

毎月三の付く日から三日間だけ、月三回提供するので〈三日限り〉と名付けた。

「お客様、さ、どうぞこちらへ」

いつまでも孫六から離れそうもないのを見兼ねて、お倫が男を、板場の向かいの、土間を挟んですぐの小部屋に通した。

「私は田嶋屋の誠之助と申します」

畳に上がると、誠之助が律儀に名乗った。

「田嶋屋さんといえば日本橋の有名な紅白粉《べにおしろい》問屋さんですよね。もしや、そこの若《わか》旦那《だんな》様ですか？」

「ええ、まあ」

「よくおいでくださいました。お待ち合わせの方は何人様ですか」

「二人です。ご浪人様と、その娘御です」

「あら、もしかしてお見合いかしら？」

お倫がさらっと訊《き》くと、

「勘がいいですね、当たらずといえども遠からずです」

誠之助は照れながら正直に答えた。

「どうぞごゆっくり。今、お茶をお持ちしますね」

お倫は障子を閉め、誠之助の上物の草履を揃えると、浮き浮きと板場に戻った。

暫《しばら》くして、髭面《ひげづら》の浪人と愛らしい娘の二人連れが入って来た。

孫六はまだその名を知らないが、海津七郎太と綾乃である。

「あの人たちじゃねえか」

板場の格子越しに二人に気づいて、お倫に教える。

「いらっしゃいませ」

お倫が迎えに出る。

「田嶋屋の誠之助殿は来ているかな」

髭《ひげ》の浪人が訊いた。

「お待ちかねですよ、さ、どうぞこちらへ」

お倫が二人を、誠之助が待つ小部屋に案内した。

「いらっしゃいませ」

格子越しと、水引暖簾《のれん》の隙間から見たその浪人の横顔に見憶《みおぼ》えがある気がした。

「お連れ様がお見えですよ」

お倫が部屋に向かって声を掛け、障子を開けた。

中では誠之助が身を固くして、浪人に続いて座敷に上がる娘を、瞬《まばた》き一つせずに見詰めていた。

「出入りするのも大変でしょうから」

お倫は、〈しもつかれ〉を含め、惣菜を三皿ずつ見繕って小部屋に届けた。

「可愛い娘さんねえ、綾乃さんですって。ご浪人様はお父上の海津様」

(海津……)

知らぬ苗字《みょうじ》ではなかった。

お倫は、いつの間にか板の間に溢《あふ》れた客の酒の注文を捌《さば》き、誠之助たちの部屋の世話をしながら忙しく立ち働いた。

「しもつかれの売行きがいいや」

顔を綻《ほころ》ばせる孫六をよそに、お倫は浮き浮きした様子でこう言った。

「海津様、誠之助さんのことがよほどお気に入りなのね。しきりに綾乃さんに縁談を勧めていましたよ。お似合いだと思うわ、あの二人」

「おい、深川のぽん太姐《ねえ》さんはどこに行きなすった。今じゃすっかり噂好きのそこらのおかみさんじゃねえか。客の話の盗み聞き、他言はご法度、商いの鉄則だぜ」

孫六がたしなめた。

「だって」

お倫が、ぷうっと、ふくれた。

「でも、娘さんは……」

「娘がどうした」

孫六が聞き咎《とが》めると、お倫は、

「ううん」

と、それ以上言わずに話題を変えた。

「珍しいわね、今時お酒を呑《の》まないお武家様なんて」

「侍だって下戸はいるさ」

「ううん、訳あって断ったんだって」

「酒を断った……」

その一言が、孫六の脳裏に、遠い日の出来事を過《よぎ》らせた。

店に入って来た時、見憶えがある気がしたが、いよいよある人物と確信した。

それから半刻《はんとき》（約一時間）ほどして――

賑《にぎ》やかに挨拶《あいさつ》を交わす声がして、誠之助ら三人が帰り支度を始めた。

「ゆっくり過ごすことができました、ありがとう」

誠之助が満足そうに言い、支払いを済ませた。

「おじょうさま、お口に合いましたか」

「はい、どれも美味《おい》しかったですけど、特に煮蛸《にだこ》がいい味付けでした。それと〈しもつかれ〉は初めていただきました。こんなにも美味しいお惣菜《そうざい》がどれも一皿四文なのですね、驚きました」

「またお運びください、今度はお二人で。ね？」

「はい」

綾乃より先に誠之助が答えた。

「散財させてすまぬな、誠之助殿」

土間に降り立った浪人に、孫六は小さく声を掛けた。

「もしや、北町の海津様じゃございませんか？」

海津が怪訝《けげん》な顔で見詰め返した。

「おぬしは、もしや、青江……」

「今は四文屋の主人、孫六でございます」

「やはり青江真作殿だったか」

「お二人はお知り合いだったのですか、奇遇だこと」

お倫が顔を綻ばせると、綾乃と誠之助も意外そうに見守っている。

「おぬしにも、人に言えぬ事情があったのであろうな」

海津が事情を察するように真顔を向けた。

「これも何かの縁だ、今後ともよろしく頼む」

「こちらこそ。またお運びくださいまし。今夜はありがとうございました」

「お気をつけて」

孫六とお倫に見送られ、海津らは、今宵《こよい》の思い出をそれぞれの胸に抱いて、夜の中に帰って行った。

お倫が縄暖簾《なわのれん》を下ろし、表の提灯《ちょうちん》の火を消した。

片付けが一段落すると、お倫が茶を淹《い》れた。

「お店に入って来た時、すぐに海津様だとわかったんですか？」

「いや、見憶えのある顔だと思っただけだ」

「何年ぶりですか」

「十年になる」

「それだと、いくら昔の同僚だといっても、わからないかも知れないわね。だって、まるで髭の中にお顔があるようですもの」

お倫が小さく笑った。

孫六は茶を一啜《すす》りすると、遠い日に思いを馳《は》せた。

海津と若き日の青江真作は同じ時期に北町奉行所に定町廻《じょうまちまわ》り同心として出仕し、ともに駆け出し時代を過ごした。右も左もわからぬまま日々無我夢中で事件を追い掛け、ただひたすら、一日も早く一人前の同心になろうと足掻《あが》いていた。

己のことで精一杯で、他人のことなど眼中になかった。それでも、海津と海津にまつわる出来事は記憶に残っている。

それは出仕して二年目のことだった。

夜になって盗賊一味が人質を取って立て籠《こ》もる事件が起きた。

場所は本郷《ほんごう》の三念寺《さんねんじ》――

だが、すでに浴びるほど呑んでいた海津は出役の命令が下っても役に立たず、先輩からしたたか仕置きを受けた。

海津の代わりに出動したのが臨時廻り同心の野平清兵衛《のひらせいべえ》だった。ところが、折り悪しく野平がその出役で殉職したのである。

海津はその責めを負って御役目も禄《ろく》も返上した。幸か不幸か、海津の家を継ぐ者は誰もいなかった。

同心を辞する際には、「ケツを割ったか」「卑怯者《ひきょう》」「職務を果たすべき」などと容赦なく面罵《めんば》され、唾棄《だき》された。

それでも海津は禄を食《は》むのを潔しとせず、職を辞した。命を落とした野平の一人娘、当時七つの綾乃を引き取り、酒の上の失態であることを悔やみ、生涯、酒を断つと決意した。

海津が受けた批判の数々は、後年、孫六自身が浴びることになった。

ふと、お倫の視線を感じて、想念から覚めた。

「色々あったんでしょうね、海津様も。でも、右に行くか左に行くか、誰だって、いつだって、道を選ばなければならないんです、それが人生ですもの。どちらが正しかったなんて、それこそ死ぬまでわかりませんよ」

「そうだな」

「でも、綾乃さんをお嫁さんにって言ってくれる誠之助さんが現れたんですから、選んだ道は正しかったんですよ、きっと」

「お倫さん、さっき、何か言いかけて止めたな。あの時、何を言おうとしていたんだい」

「何でしたっけ」

「ただ、娘さんはどうだとか……」

「ああ、あれか」

お倫は、言うか言うまいか、少し迷った顔をした。

「海津様と綾乃さんは血が繋《つな》がっていないって聞いて、ますます女の勘が当たったように思うんですけど……」

「けど、なんだい」

「綾乃さんは、もしかすると、海津様を、父親ではなく、一人の男として見ているんじゃないか、って」

七つの頃から、少女の時を経て大人になるまで、ずっと二人暮らしをしていれば、綾乃がそういう感情を抱いたとしても、不思議ではあるまい。

「お倫さん、先に寝《やす》ませてもらうぜ」

孫六は小部屋の行燈《あんどん》を持って、奥の自室に入った。

部屋の片隅に白布の掛かった小さな台があり、その上に位牌《いはい》と十手が置かれていた。十手には珍しい紺色の房が付いている。

位牌は、孫六の亡き妻、結衣《ゆい》のものである。

結衣は心優しくてよく笑い、夢見がちな女性だった。病がちだったが、日々明るく暮らしていた。結衣の命の灯火《ともしび》が消えた時、初めて実感した。

胸の中にぽっかりと大きな穴が開くとはこういうことか、と。

結衣がこの世を去って五年が過ぎた。結衣の死は、遠い昔の出来事のようでもあり、つい昨日のことのようにも思える。結衣の死後、海津と同様に職を辞して旅に出た。その旅のつれづれと、江戸に戻ってからの平穏な暮らしのお蔭《かげ》で、いくらか心の痛みは薄らいだ。

「結衣……」

孫六はいつものように手を合わせて、今日一日の無事を感謝した。

3

夜。

強い雨脚が、手入れの行き届いた前栽に降り注ぎ、置き石を叩《たた》いて白く弾《はじ》ける。

時折、ひゅうと風が鳴って、濡《ぬ》れ縁《えん》に雨飛沫《あめしぶき》が吹き込む。

趣のある庭に面した明かりの灯《とも》る部屋は、とある料亭の奥座敷。

障子に映るいくつもの人影が揺れ、部屋の中から談笑する声が聞こえる。

その声には甲高い女の声も混じっている。

「お前また小袖《こそで》を誂《あつら》えたのかい」

「いいでしょ、姐《あね》さん、この黄縞《きじま》」

「衣装持ちだねえ、また丹波屋《たんばや》かい」

「えっへへへ」

「しかし、いつも賑《にぎ》わっていて結構だな」

「お蔭様《かげさま》で。もしかすると、女中をもう二人ばかり、お頭にお願いするかも知れません。どうですか、お頭の方は」

「こっちも武家屋敷の奉公人や工事現場の人足をかき集めるんで大忙しだ。お蔭でせっかく貯め込んだお宝を使う暇がねぇや」

どっと、欲深そうな笑い声が弾ける。

「遅くなった」

新たな者の声がした。

「いらっしゃいまし」

出迎えの声を揃えながら居住まいを正す影が揺れ、新たな人影が上座に着いた。

「足許《あしもと》のお悪いなか、ありがとうございます。ぉ一つどうぞ」

新たな客が酌を受け、呑《の》み干すと、おもねるような声と拍手が沸き起こった。

「これで我ら一党六名、揃い踏みでさ」

「次の標的が決まったらしいな、どこだ」

「へい。今度はちょいと遊んでみようかと」

時ならぬ雷鳴が鳴り響いて、話し声がかき消された。

「こいつが、その男をいたぶってやりてえらしくて」

「ほほほほ」

女の下卑た笑い声。

「長いことこの稼業をやっていると、いやはや面白い話が飛び込むもんでして」

「賛同できぬな」

「どうしてですか」

「あまり図に乗ると墓穴を掘る。千丈の堤も蟻の一穴からの喩《たと》えもある。気をつけることだ」

「それじゃ今度だけ、お目こぼしいただいて。旦那《だんな》にはちょぃと芝居をしていただくことになりますが、よろしく頼みます」

「うむ」

「では、次の標的は〈たの字〉ということで」

声に被《かぶ》せるようにして、「あっ」と女の小さな悲鳴。

「誰だ！」

音高く障子が開いて、男が出て来た。

青白い稲光が、角張った顎《あご》の青い剃《そ》り跡を浮かび上がらせた。

「今の話を聞いたな」

「いいえ、何も。旦那様を呼びに参りましたら、雨が目に入ってあんまり痛くって、それで思わず……あたし、何も聞いていません、本当です、本当に何も……」

若い女中が怯《おび》えながら後退《あとじさ》りする。

雷鳴が激しく轟《とどろ》く。

4

二日後――

「親分、大変だ、大変だ、事件ですよ！」

勢いよく戸が開いて、転げ込むように、三吉が〈柚子〉に駆け込んできた。

「朝っぱらからばたばたするねえ、埃《ほこり》が立つ」

「なに暢気《のんき》なことを言っているんですか、殺しです、若い娘の死体がみつかった！」

「どこだ、現場は」

孫六は洗い物の手を止めた。

「堀江町《ほりえちょう》の思案橋《しあんばし》の袂《たもと》です。橋を渡って来た棒手振《ぼてふ》りが、橋の近くの草叢《くさむら》に女が倒れているのをみつけて近くの番屋に駆け込んだそうです。仏の身許は料亭『松島《まつしま》』の女中、お仲《なか》です」

「身許が割れるのがばかに早いじゃねえか」

「店から届けが出ていたそうで。夕べから女中の姿が見えねえって」

「なるほど」

「けど親分、事件の解決は早いですよ。下手人が捕まりましたから」

「何だと、それを早く言わねえか。だったら俺がわざわざ出しゃ張ることはねえじゃねえか」

「それが大有りなんですよ親分。捕まったのは田嶋屋の惣領《そうりよう》なんですよ」

「田嶋屋？　誠之助か」

「ほら、やっぱり気になるじゃありませんか。親分が、誠之助はいい人物だって褒めてたでしょ？　ですから、こうしてお報《しら》せに上がったんでさ」

「どうして誠之助に疑いが掛けられたんだ」

「誠之助は、仏の近くに倒れていて、その懐から手拭《てぬぐ》いに包んだ血の付いた簪《かんざし》がみつかったんです。届けを出した松島の女中頭を呼んでその簪を見せたところ、お仲の物に間違いねえと」

「わかった」

孫六はすぐに身支度に掛かった。小袖の裾《すそ》を手早くからげ、羽織を羽織ると、紺色の房の十手を腰に手挟んだ。

（結衣、行ってくるぜ……）


孫六は三吉を連れて住吉町《すみよしちょう》の番屋に駆けつけた。

「あっ、孫六さん」

縛られた誠之助が腰を浮かし、縋《すが》るような目を向けた。

「久保木《くぼき》様、木之内様」

能面のような冷ややかな顔立ちの四十絡みの男が筆頭与力の久保木大膳《だいぜん》、誠之助を取り調べる眼光鋭く、はち切れんばかりの気迫溢《あふ》れる二十四、五の男が、定町廻《じょうまちまわ》り同心の木之内一徹である。

孫六は、土間の片隅に置かれた亡骸《なきがら》の傍らに片膝《かたひざ》を突いた。

筵《むしろ》を上げると、若い女、お仲の死顔が目に飛び込んだ。

恐怖に怯え、目を見開いた死顔を目にして、思わず顔を曇らせた。

（よっぽど怖い目に遭ったんだな、可哀相に……）

仏の瞼《まぶた》を閉じてやり、手を合わせた。

仏の傍らには、畳んだ手拭いの上に血の付いた簪が置いてある。その手拭いには田嶋屋の屋号が染め抜かれていた。

仏の喉《のど》の左側に簪か錐《きり》で刺したような深い傷痕《きずあと》があり、その傷口は血が黒く固まっていた。また、仏の首には絞められたような痕が残っていた。

孫六は、女の帯に挟まれた紙入れを手に取り、中を調べると、紙が濡《ぬ》れたようにたわんでいた。

紙入れを元に戻して筵を覆い、木之内の取り調べの様子を見守る。

「何遍も申し上げておりますように、酔って何も憶《おぼ》えておりません。死んだお仲という娘のことも知らない、会ったこともないんです」

最前から一貫して、誠之助は無実を訴えていた。

「しぶとい奴よ。木之内、もっと絞り上げて吐かせろ、手加減するな」

久保木は木之内に命じて出て行った。

「誠之助さん、この間は黙っていたが、俺は十手を預かる身なんだ」

孫六が誠之助の側に腰掛けると、誠之助が助けを求めるような目を向けた。

「役儀により言葉を改めるぜ。誠之助、血の付いた簪がお前の懐にあったそうだが、あれはどうしたんだい」

誠之助は強く頭《かぶり》を振った。

「知りません、簪もあの女の人のことも、何も知りません。本当です」

「ま、水でも飲みねえ」

水の入った土瓶を傾けると、誠之助は湯呑《ゆの》みを一度左手で掴《つか》もうとして、右手に持ち替えた。

「お前さん、元は左利きだな」

「日頃は気をつけているのですが、つい……」

「いきなり下手人と疑われて番屋に連れて来られたんだ、動揺するのは無理もねえよ……」

孫六は木之内に向き直る。

「旦那《だんな》、仏の喉の刺し傷は左側です、仮に自害だとすると、お仲も左利きじゃなきゃ無理です。また、誠之助が簪で刺すには、真正面からじゃなく背後から刺さなきゃなりません。首に残る絞めたような痕も気になります」

「下手人は先《ま》ず首を絞めてお仲の気を失わせ、その後、簪で喉を刺したんだ」

「同感です。三吉、雨が降ったのは一昨日《おととい》の晩だったな」

「そうです」

「旦那、仏の紙入れをご覧になりましたか」

「いや。紙入れがどうかしたか」

「中の紙が濡れたようにたわんでおりました。昨夜《ゆうべ》は星が出ていた。すると、仏が殺されたのは昨夜じゃなく、その前の雨降りの晩じゃねえかと」

「お仲は一昨日の夜にどこか別の場所で殺され、昨夜の間に思案橋の袂に運ばれた、そういうことか」

木之内が推察した。

「誠之助、もう一度昨夜の様子を最初から詳しく聞かせてくんな」

「はい。昨夜は本石町《ほんこくちょう》の『夢屋《ゆめや》』という煮売り酒屋におりました。毎月一回開いております近隣の商家の惣領らの集いがあったのでございます」

誠之助が落ち着いた様子で話し始めた。

「昨今の物の値上がりにどう手を打つか、そんな商いの話を終えて、埒《らち》もない話になりました。酒の勢いもありまして、私が、つい、綾乃さんとの縁談を仄《ほの》めかしたものですから、皆さんから散々にからかわれ、前祝いだと次々とお酌を受ける羽目になりました。いつもよりお酒の量は多かったと思いますが、私も決してお酒が弱い方ではありませんので、酔い潰《つぶ》れるほどは呑《の》んでいないと思います。五つ半（午後九時頃）頃でしょうか、店の前で皆さんと別れました。ところが、店を出て暫《しばら》くしてから無性に眠気を覚えたのです。それは、堪《こら》えきれない眠気でして、それから先の記憶が全くございません」

「店からは一人で帰ったんだな？」

「はい」

「その後で誰かに介抱されたとか」

「さあ……それに、どうして思案橋などに行ったのか……」

誠之助は苦しげに頭を振った。

思案橋は通油町の田嶋屋とはまったく方角違いなのだ。

「大店《おおだな》の惣領たちの集まりというと、つい、俺たちには手の届かねえ料亭でも使うんじゃねえかと、そう思ってしまうんだが」

「料亭などで贅沢《ぜいたく》ばかりしていては世間が見えなくなる、そう皆で話し合いまして、町の人々が立ち寄る煮売り酒屋にしております」

「至極《しごく》まっとうな考えだ、感心なこった」

聞き取りは以上と、木之内に目礼を送った。

「誠之助、お前が血の付いたお仲の簪を持っていた以上、調べは続けなきゃならねえ。当分の間、大番屋の牢《ろう》に入ってもらうぜ」

木之内が決断し、孫六に命じる。

「孫六、裏を取ってくれ」

「さっそく。三吉、行くぜ」

孫六は打てば響くように言い、番屋を飛び出した。

番屋を出た孫六は本石町の煮売り酒屋の夢屋に向かった。

誠之助の証言の裏を取るのが目的である。

道々、三吉が木之内の口から出なかった話を打ち明けた。

「何、奉行所に御用党から犯行予告があっただと？」

「奉行所は皆だんまりなんですよ」

三吉が声をひそめて話し始めた。

雨の上がった昨日の朝、北町奉行所の表門に、一枚の紙が金釘《かなくぎ》で打ち付けられているのがみつかった。

前の晩に貼られたのか、まだ濡れて生乾きのその紙には、

告　今宵《こよい》田嶋屋に推参　御用党

と、襲撃を予告する内容が墨書されていた。

御用党は、大店ばかりを襲う押し込み強盗一味で、江戸の夜を震え上がらせた。声を上げたり、抗《あらが》う者は情け容赦なく殺戮《さつりく》、大金を奪った後にはいつも〈御用党推参〉の貼り紙が残されていた。

嘲笑《あざわら》うかのような〈御用党〉一味の挑発に北町奉行所内は熱《いき》り立った。とりわけ、筆頭与力の久保木大膳は怒りをたぎらせた。

「盗賊に名を成さしめるな。必ず一網打尽にせよ」

久保木は、定町廻《じょうまちまわ》り、隠密《おんみつ》廻り、臨時廻りの、いわゆる三廻りを厳しく叱咤《しった》した。

貼り紙があったその晩、北町奉行所は田嶋屋並びにその周辺に、水も漏らさぬ捕物の布陣を敷いた。だが、御用党は現れず、一味の捕縛は失敗した。

「誑《たぶら》かされたんだ。奴らは、俺たち北町の捕方が張り込んでいるのを、どこかで高みの見物を決め込んでいたに違いない。奉行所の顔に泥が塗られた！　木之内の旦那の機嫌の悪かったこと悪かったこと」

三吉が木之内の口真似をして話し終えた。

「盗賊どもに軽く手玉に取られて、旦那の腸《はらわた》も煮えくり返ったんだろうよ」

「大きな声じゃ言えねえんですがね」

そこで声を抑えて、三吉が続ける。

「手配りが漏れたんじゃねえかって、木之内の旦那が言うんですよ」

木之内がそこまで口にするからには、何か勘が働いたのだろう。

「押し込みはこれまでに三件だったたな。押し込みを予告する貼り紙は田嶋屋が初めてだな。どういう風の吹き回しだろう」

「いい格好したかったんじゃありませんか。これまで三回も千両箱を盗んで捕まらねえもんだから」

「しかし、なぜ、田嶋屋の名前をわざわざ出したんだろうな。もし、奉行所を振り回して嘲笑うのが悪党どもの目当てなら、名前なんか出さねえ方が、奉行所はもっと困っただろうに」

孫六は腑《ふ》に落ちないものを感じるのだった。

「はい、確かに田嶋屋の誠之助さんはお見えになっておりました」

本石町の煮売り酒屋夢屋の店主が答えた。

「何か変わった様子はなかったかい？」

店主に促されて、女中が答えた。

「いいえ、特に変わったことは何も。誠之助さんが近くお嫁さんをお貰《もら》いになるそうで、皆さんがそれは賑《にぎ》やかにお祝いをしていました。後ろの見ず知らずのお客さんまでが、ちろりを注いであげたりして」

「後ろの客？　どんな男だったか覚えちゃいねえだろうな」

「ちょっと悪そうな人でした」

「よく覚えていたもんだ」

「だって、流行《はや》りの黄縞《きじま》の着物を着てるし。あの着物、大伝馬町《おおでんまちょう》の『丹波屋』さんでしか売っていないんです」

「さすがに若い娘は流行りに敏感だ、感心したぜ」

孫六が目配《めくば》せすると、すぐに三吉が店を飛び出して行った。

「誠之助さんがどうか致しましたか」

店主が不安げな顔をした。

「いや、ちょっとした御用の筋だ。邪魔したな」

「女中の姿が見えねえと番屋に届けたのはここの女中頭だったな」

孫六は、お仲が働く深川一色町《ふかがわいしきちょう》の料亭「松島」で、主人の村治《むらじ》に訊《き》いた。

村治は玄関先で応対し、中にあげようとはしなかった。

「勝手な真似をしましてね」

「店の若い女中が死んだんだ、勝手な真似という言い草はねえだろう。姿の見えねえ娘を心配して届けるのは当たり前じゃねえか」

「すみません、口が滑りました。おおかた、黙って店を抜けて、男と逢引《あいびき》でもしてたんじゃありませんか」

「よくあるのかい、お仲にはそんなことが」

「男好きのする女でしたから、男出入りの噂の絶えねえアマでして」

「ふうん、あんな雨の晩にな」

村治の心の奥底を見定めるように目を向けると、村治は目を逸《そ》らした。

「店で働く者はみな通いかい」

「左様で」

「改めて言うまでもねえが、お仲は殺されたんだ。一つ二つ訊きてえことがある、しっかり答えてくんな。お仲の死んだ雨の晩のことだ、誰か奇妙な客、不審な客はいなかったかい」

「さあて、馴染《なじ》みのお客さんばかりだったように思いますが」

「ここは通りから奥まったところにあって、目立つ看板も出していねえ。初めての俺には少々みつけにくかった。馴染みの客には通い慣れた道だろうがな」

「申し訳ございません」

「ここは、部屋が四つと奥座敷が一つだと聞いた。間違いねえな」

「その通りでございます」

「よし。あの晩、どこの誰が来ていたか、思い出せるだけ言ってみてくんな」

「そいつは、ちょっと」

「言えねえのか」

「商い上の秘密、信用問題もございますので」

「誰が来ていたかわかっているが、言えねえ、そういうことだな」

「えっへへへ、親分さん、どうぞお察しくださいまし」

「人目を憚《はばか》る客が多いんだな、お前の店は」

「弱りましたな、親分さんには」

村治は困ったように耳の後ろを掻《か》いた。

「いいじゃねえか、客に信用があるってことだ。ここは奥座敷がいいと評判らしいが、あの晩、奥座敷に通した客も、お前さんはわかっているということだな」

「それは、まあ、そういうことで」

「わかった。いくら隠し立てしようが、こっちが本腰を入れて調べりゃ、すぐにわかることだ」

孫六はきつめの口調で言い、村治の反応を探った。

「ところで、お仲はどの部屋を担当していたんだ」

「どの部屋と一つに決まってはおりません、呼ばれればどこにでも。少ない人数で回しているもんですから、えっへへへ」

孫六は帰りがけに裏の勝手を覗《のぞ》いて、女中頭を呼んだ。

「お仲は、夜中に店を抜け出て逢引するような女だったのかい？」

「お仲ちゃんが？　いいえ、あんなに真面目な娘はいませんよ」

「男出入りの激しい女だったと、村治はそう言ってたぜ」

「どうしてそんなことを」

「雨の晩、お仲はどの部屋を担当していたんだ」

その問いには、女中頭も「色々と」と口を濁した。

「奇妙な客も不審な客もいなかったんだな」

「はい」

「客同士の揉《も》め事みてえなことは起きなかったかい」

「いいえ。あの晩はお奉行所のお役人様もお見えでしたので」

「誰だ、その御方は」

孫六が鋭い視線を向けたので、女中頭が慌てた。

口を滑らせたことを悔いているようだ。

「旦那《だんな》様からお見えになったと伺っただけで、お名前までは」

「大事な客だろうから、奥座敷に通したに違いねえ。そうだな？」

「…………」

女中頭はおどおどしていて、是とも非とも言わなかった。

「ありがとよ。今耳にしたことは誰にも話さねえから安心しな。無論、お前さんから聞いたなんて口が裂けても言わねえよ」

そう言うと、女中頭がほっと胸を撫《な》で下ろした。

「人を殺《あや》めるなど、誠之助に限ってそんな大それたことをする筈《はず》がありません。親分さん、誠之助は今どうしているのでしょう、厳しいお調べでもされているのかと思うと、私も家内も夜も寝られないのでございます」

日本橋通油町にある紅白粉《べにおしろい》問屋田嶋屋の客間で、がっくりと肩を落としたのは、主人の治兵衛《じへえ》である。治兵衛は酷《ひど》く憔悴《しょうすい》し、狼狽《ろうばい》していた。

「落ち着きねえ、治兵衛さん。奉行所はぶったり蹴《け》ったりするようなお取り調べはしていねえ、安心するがいい」

孫六がなだめた。

「ありがとうございます」

「さっきの話だと、一度も酔い潰れたことのねえ誠之助さんが、前後不覚になって橋の袂《たもと》に倒れ込むとは、よほど嬉《うれ》しかったのかも知れねえな。皆が誠之助さんの縁談を祝ってくれたそうだから」

「縁談など、まだ何も決まっておりません……」

治兵衛は急に硬い表情に変わった。

「相手は綾乃って武家の娘だと聞いたが、違うのかい」

「そのような名前を聞いた気も致しますが……」

歯切れの悪い治兵衛を見据えながら、聞き取りを続ける。

「誠之助さんに、近頃、何か変わった様子はなかったかい」

「変わった様子と申しますと？」

「暮らしぶりがいつもと違うとか、金や女にまつわる揉め事があったとか」

「ございません」

治兵衛はきっぱりと言った。

「先ほども申し上げましたように、誠之助は極めて真面目で、金や女の揉め事などこれまで一度もございません。人に恨まれることなど思い当たりません」

治兵衛は言いにくそうにこう続けた。

「こう申しては何ですが、向こう様にとっては玉の輿《こし》と言われるかも知れませんが、当方が誠之助の縁談でいい思いをするようなことは……」

「いい嫁が来る、それほどいいことはねえよ」

孫六がぴしゃりと言い返した。

すると、治兵衛は恥ずかしそうに顔を赤らめた。

「誠之助さんが恨まれる事情がねえとすると、治兵衛さん、お前さんは大丈夫かい」

突然水を向けられて、治兵衛が戸惑いを浮かべた。

「大丈夫かと申しますと？」

「手広く商いをしていれば、思いも掛けねえ恨みを買うことだってあるんじゃねえのかな」

「私が誰かに恨まれるなんて、そのようなことは、ございません」

「それじゃ、商い以外のことで、何か思い当たることはねえのかい？」

「いいえ、ご、ございません」

治兵衛はうろたえた様子で打ち消した。

（おいおい、何か隠しているみてえだな……）


孫六は浅草瓦町にある海津七郎太の家に向かった。

住まいのことは、話し好きのお倫が綾乃から聞き出していた。

入口の格子戸を開けて、訪《おとな》いを入れると、すぐに綾乃が姿を見せた。

孫六とわかって「まあ」と嬉しそうな笑顔になった。

だが、孫六の帯に差した十手に気づいて、その笑顔が消えた。

綾乃は板の間に膝《ひざ》を折って告げた。

「父は出かけております」

「そうですかい、それじゃ、ちょいと待たせていただきます」

町人の孫六は、浪人とはいえ武家の娘である綾乃に謙《へりくだ》った。

「どうぞお上がりください」

「ありがとうございます。あっしはここで」

土間の板の間の端に腰を掛けた。

「この間の晩はよく来てくださいました、ありがとうございました」

軽く頭を下げると、綾乃の顔が綻《ほころ》んだ。

「こちらこそお世話になりました。お倫さんにもよろしくお伝えください」

「わかりました」

やがて、表に砂利を踏む足音が聞こえたので、孫六は腰を上げて迎えた。

「お邪魔しております」

「おう、孫六殿ではないか」

海津が顔を明るくした。

「綾乃、何をしておる、上がってもらわぬか。待たせたのかな、口入屋に行っておったのだ」

海津も、孫六の十手に気づいて表情を硬くした。

「お話があります、ちょいと表に」

孫六は心配そうな綾乃を残し、海津を表に誘った。

路地のとば口まで行って足を止め、切り出した。

「綾乃さんは実にいい娘さんだ、今日までよくお育てになりましたね」

「かたじけない。何よりも嬉しい言葉だ。あとはつつがなく嫁入りの日を迎えたいものだ」

娘の嫁入りの日を待ち望む海津の気持ちが、孫六の胸をちくりと刺した。

「お奉行の榊原《さかきばら》様からのお申し付けで、十手を握ることになったんだ」

「また捕物に連れ戻されたのか、ご苦労なことだ」

互いに昔の同僚の口調になっていた。

孫六は静かに打ち明けた。

「誠之助が捕まった」

「何だと？　どういうわけだ」

海津は眉《まゆ》をひそめて訊《き》いた。

「殺しだ」

孫六は声を抑えて続けた。

「料亭の女中を殺めた疑いだ。綾乃さんにはまだ……」

「それは何かの間違いだ、誠之助は人を殺せるような男ではないぞ、青江殿」

「俺もそう思う。誠之助自身も身に覚えがねえと言っている」

「…………」

「誠之助は、昨夜《ゆうべ》、大店《おおだな》の惣領《そうりょう》らの集いに行っている。縁談を仄《ほの》めかしてからかわれ、前祝いだと、勧められて大いに呑《の》んだらしい。いつもより酒量は多かったが、酔い潰《つぶ》れるほど呑んではいない、そう言っていた」

「…………」

「それが、店を出た直後から堪《こら》えきれない眠気を覚えて、その後の記憶がない、そう言うんだ。店の者の話じゃ、見ず知らずの黄縞《きじま》の着物の客が一緒になって祝い酒を振る舞ったと言うんだが」

「見ず知らずの客だと？　怪しいな。その酒の中に眠り薬でも仕込んであったのではないか」

海津は元同心らしく反応した。

「誠之助は誰かに嵌《は》められた公算が大きい。仮にそうだとしても、男はなぜ誠之助をつけ狙ったのか。もしや誠之助と綾乃さんの縁談を快く思わねえ者でもいて……

海津さん、縁談のこと、誰かに話しちゃいませんか」

「縁組はまだ正式に決まったわけではない。従って、わしもあちらこちらで吹聴《ふいちょう》しているつもりはないのだが……」

「嬉《うれ》しくてつい洩《も》らしてしまうのは人情だ、それは仕方がねえ。一つでも二つでも、思い出せることはありませんか、人でも場所でも何でも」

孫六に水を向けられた海津が、はたと、思い当たる目顔になった。

「馴《な》染《じ》みの口入屋で話をした。大店の惣領に見初められたと」

「それは店の名前は出さずに、ですか」

「いや、田嶋屋と言ったように思う」

「なるほど」

「綾乃はつましい暮らしをしていて、着たきり雀だ。せめて嫁入りの時には晴れ着の一つも着せてやりたいものだ。そう言うと、祝いを言われて、手間賃のいい仕事を回してくれたよ」

「どこの口入屋ですか」

「本所松坂町《ほんじょまつざかちょう》、回向院《えこういん》裏の杉田屋《すぎたや》だ。主人は百造《ももぞう》という男だ」

孫六は本所の杉田屋に向かう途中、〈柚子〉に寄った。

ちょうど三吉が来ていて、柄杓《ひしゃく》でごくごく水を飲んでいた。

何か摑《つか》んで、息せき切って駆け戻ったのだろう。

「おう三吉、来てたのかい。その様子だと、何か摑んだらしいな」

「大伝馬町の丹波屋で色々と聞いてきました。黄縞の小袖《こそで》は大変な人気で何人もの客に売れたそうです」

お倫に柄杓を返して続ける。

「客の中に、女好きのするちょいと悪い男はいなかったかと訊きました。するってえと、番頭が笑いながら松島の房次《ふさじ》さんのことですね、とこうなんで」

「松島だと？　殺されたお仲が働いていた深川の料亭の松島か」

「裏方として働いているそうです」

「よく調べてくれた。三吉、息はもう直ったかい、ついて来な」

孫六は、三吉を連れて杉田屋に向かった。

杉田屋は、回向院の本堂の裏手に広がる鬱蒼《うっそう》とした森の向こうにひっそりと店を構えていた。

「ごめんよ」

長暖簾《ながのれん》を割って店の土間に足を踏み入れると、すぐに帳場にいた男が出てきて板の間に膝《ひざ》を折った。

髭《ひげ》の剃《そ》り跡が青い男で、孫六の帯に差した十手に素早く目を止めた。

「いらっしゃいませ、親分さん」

「そんなにかしこまらなくていい。回向院の境内でちょっとした騒ぎがあってな、序《つい》でに顔を出しただけだ。この店の主人かい」

「はい、百造と申します。どうぞお見知り置きください」

「俺は神田相生町の孫六って者《もん》だ」

勧められて板の間の端に腰を掛ける。

「海津様の口入の世話をしてくれているそうだな」

「親分さん、海津様とお知り合いで」

「ああ。娘さんに縁談があるらしくて、嫁入り道具の一つも用意してやりてえと、この前もそんな話を聞かされた」

「私も伺っております」

「ところが、めでたい日を心待ちにしている海津様に胸を痛める出来事が起きてな。娘さんの縁談の相手が捕まっちまったんだ」

「誠之助さんが、ですか」

「よく知ってるじゃねえか」

その時、奥から甲高く耳障りな女の声が飛んできた。

「ちょっとあんた」

「来客だ」

「けど、急ぎの文だよ、旦那《だんな》から」

「後にしろって言ってるだろ！　すみません、がさつな女房でして」

百造は苦笑いをしながら頭の後ろに手をやった。

「客商売はあれくらいで丁度だ。かみさんの名前《なめ》ぇは？」

「玉世《たまよ》と申します」

「急ぎの文とあっちゃすぐにも読みてえだろう。引き上げるぜ」

「何のお構いも致しませんで」

孫六は行きかけて足を止める。

「ああ、この間の雨降りの晩、松島って料亭でお前さんを見掛けた者《も》んがいるんだが、あの店の奥座敷は落ち着いたいい部屋らしいな」

孫六は鎌を掛けた。

「それは何かの間違いで。私はそんな値の張る店には行ったことがありませんので」

「行ったこともねえ店の名前を聞いて、どうして値の張る店だとわかるんだ」

「そ、それは、料亭と聞いたもんで、つい、そう申したまでで」

百造が慌てて言い繕った。

「おかしな男だぜ、ふふふ。それじゃ、房次って洒落者《しゃれも》んのことも知らねえだろうな、ごめんよ」

孫六は三吉を連れて店を出た後に、地黒で貧相な顔立ちの女、玉世が出て来た。

「何しに来やがったんだい、あの岡っ引きは」

「房次の野郎、何かドジ踏みやがったかな」

憎々しげな玉世と百造とのひそひそ話は孫六には聞こえていない。

店を出た孫六が三吉に命じた。

「三吉、百造と女房の玉世の周辺を徹底的に洗うんだ。序でに田嶋屋の治兵衛もだ」

「合点で」

5

「旦那、親分をお連れしました」

番屋の障子を開けて三吉が先に飛び込んだ。

「遅くなりました」

孫六は目で促されて、囲炉裏を挟んで木之内の向かいに腰を掛けた。

「盗賊どもがめっきり大人しくなっちまったな」

木之内は、灰を掻《か》き混ぜていた火箸《ひばし》を忌々しげに突き立てた。

犯行予告の貼り紙で北町奉行所を振り回したっきり、御用党一味はすっかり鳴りをひそめていた。

「何処かでひそかに牙《きば》を研いでいるに違いありません」

「そうだな。盗人《ぬすっと》どもは必ず世を忍ぶ生業《なりわい》を持っている。その生業をしながら次の獲物を狙っているに違いない」

「ところで、旦那。誠之助のお取り調べはどうなっておりますか」

「久保木様は、誠之助はシロだ、解き放てと仰《おっしゃ》っている。俺も妥当とは思うが」

木之内がちらと悔しさを滲《にじ》ませた。お仲殺しの捜査が行き詰まっている焦りもあって、木之内はこうして孫六を呼びつけたのだろう。

「妙なんだ。お仲の亡骸《なきがら》がみつかった思案橋界隈《かいわい》は人通りも多い。俺は随分聞き込みをしたが、あの場所でお仲の亡骸を見た者は一人もいねえんだ。お仲の亡骸は、あの朝、眠っている誠之助の傍に降って湧いたとしか思えねえ」

「そうでしたか」

「お仲の紙入れが濡《ぬ》れてたわんでいたのは、お仲が雨降りの晩に殺された証《あかし》だと、そう孫六は睨《にら》んだのだったな」

「へい」

「あの晩の雨の降りは半端じゃなかった。あの雨の中を、女の亡骸をあちこち移すのは大変だ。だとすりゃ、お仲が殺されたのは料亭の松島か、そのごく近くってことになるんじゃねえのか」

木之内が目を光らせた。

「誠之助が眠り薬を仕込んだ酒を呑《の》まされたかも知れねえという話をしましたね」

「黄縞《きじま》の着物を着た見ず知らずの客が怪しいという話だったな」

「これは三吉が調べてきたんですが、その黄縞の男は、松島で働く房次という男のようなんです」

「松島だと」

「雨が降ったあの晩、奉行所の役人が来ていたと、松島の女中頭が、ぽろっと、洩《も》らしましてね。大事な客なら奥座敷に通したんじゃねえのかと鎌を掛けたら、目が泳いでおりました」

「誰だ、その役人とは」

「口を滑らせたと思ったのでしょう、酷《ひど》くおどおどしていたんで、それ以上は訊《き》かねえでおきました」

「役人が料亭に行っちゃならねえという法はねえ。しかし、いったい松島の奥座敷にはどんな面子《メンツ》が集まっていたんだろうな」

「松島出入りの仕出し弁当屋を洗ってみました。あの晩、松島には弁当が十六個届けられています。その内、松が六個、あとは竹と梅でした。奥座敷には、その役人も含めて六人いた、そうは考えられねえでしょうか」

「ちょいと強引な気もするが、孫六の勘はいつも当たるからな」

「旦那、前々から引っかかっているんですが」

「何だ」

「御用党から田嶋屋襲撃の犯行予告があった晩、奉行所が張り込んだにも拘《かか》わらず、肩透かしを食ったそうですね」

「お前だな三吉、口の軽い野郎だ」

睨み付けられて、三吉が小さくなった。

「叱らねえでやっておくんなさい……旦那はその時、奉行所の手配りが漏れているんじゃねえか、そうお疑いになったそうですね。もし、本当に奉行所の中に盗賊どもとつるむ者がいるとしたら……？」

「滅多なことを口にしてはならぬぞ、孫六」

「しかし、何か都合の悪いことを見聞きしたがためにお仲が殺されたとしたら……さらに、その都合の悪い場に役人がいたとしたら、話は別です」

「その役人も含めた御用党一味が、あの雨の晩、松島の奥座敷に集まって悪巧みをしていた、そう睨んでいるのか」

「証はありません。だが、そうじゃねえかと」

真剣な眼差《まなざ》しを向けてから、話題を変えた。

「旦那《だんな》は、海津七郎太という名前はご存じありませんでしょうね」

「海津？　何者だ」

「昔はあっしと同じ北町の同心でした」

孫六は、海津が同心を辞した当時の事情を掻《か》い摘《つま》んで話して聞かせた。

「なぜ今、その海津　某《なにがし》の話を持ち出すのだ」

「その海津様の娘御を嫁に欲しいと言っているのが、田嶋屋の誠之助なんで」

「ふむ」

「その縁談話を、杉田屋という口入屋の主人にだけ、した憶《おぼ》えがあると、海津様が言っておりました」

「孫六、何が言いたいのか、よくわからぬ。端的に聞かせろ」

木之内が苛《いら》立《だ》った。

「相すみません。誠之助には人に恨みを買う理由がみつからねえんで、それならばと、田嶋屋の主人の治兵衛に訊きました。誰かに恨みを買うような心当たりはねえか、と」

木之内が目で先を促す。

「ねえとは言うその口とは裏腹に、落ち着かねえ様子でした」

「ふむ」

「御用党一味のそれまでの三件の押し込みは犯行予告などせず押し入って金を奪っている。金が欲しけりゃ今まで通りにすればいいだけのこと。なのに、貼り紙の一件といい、お仲の亡骸のことといい、眠り薬を飲ませて誠之助を下手人に仕立てようとしたり、何でそんな手の込んだ真似をしたんでしょうか。あっしには、奴らがあれこれ引っ掻き回してほくそ笑んでいる、そんな気がしてならねえんです」

「その目当てが田嶋屋治兵衛だと言いてえんだな」

「へい」

「妬《ねた》み、嫉《そね》みは、金か仕事か女と、相場は決まっている」


その頃——

海津は杉田屋の長暖簾《ながのれん》を割っていた。

仕事を求めてというよりも、誠之助が殺人の疑いで捕まった事実を打ち明けられぬまま綾乃と顔を合わせているのが苦しくて逃げ出した、それが本心である。

「また来た。何か手間賃のいい仕事は入らぬか」

「ございますとも、どうぞお掛けくださいまし」

帳場から百造が作り笑いで迎えた。

板の間の端に腰掛けようとして、脱ぎ揃えられた上物の草履が目に入った。

「いい草履だな。大事な客でも来ているのか」

「いいえ、いつものお得意様でございます」

百造は作り笑いをして、はぐらかした。

その時、奥から男女の談笑する声がした。

下卑た品のない女の笑い声が耳障りで、海津は奥を見ないようにした。

中年の女に送られ、上機嫌で出てきたのは、海津の目には入っていないが、北町奉行所筆頭与力の久保木大膳だった。

「百造、お前が女房の尻《しり》に敷かれているのがよくわかったぞ」

「玉世、殿様に何を言ったんだ」

「別に何も、あっはははは」

「いいから奥に引っ込んでいろ」

嫌悪を覚える百造と玉世夫婦のやりとりが嫌でも海津の耳に飛び込む。

ふわっと、人の温《ぬく》もりがした。

「すまぬが、脇に寄ってくれぬか、草履が履けぬ」

久保木が幾分か命令口調で言った。

「海津様、ちょいと譲ってくださいまし」

帳場から百造の猫撫《ねこな》で声が飛んだ。

「海津……？」

男の呟《つぶや》きが聞こえた。

海津は腰を上げて、声の主の顔を見た。

（久保木、大膳……）

己に注がれる海津の訝《いぶか》しげな視線に気づいて、久保木も海津を見詰め返す。

やがて、虚を衝《つ》かれたような驚きを浮かべた。

「海津七郎太ではないか」

「久保木様、海津様とお知り合いで」

百造も戸惑いを浮かべる。

「知り合いも何も、この男は昔、北町の同心だったのだ」

「えっ、お役人様で……それはまた奇遇でございますな」

百造があからさまに警戒の色を浮かべた。

「久保木様と口入屋の百造、なかなか珍しい取り合わせですな」

「何、屋敷が傷んだので、ご公儀のお許しを得て直そうと思ってな、それで人手を頼んだのだ」

久保木が言い繕った。

「久保木様、こちらの海津様でございますよ、娘御の綾乃様の縁談のお相手が例の田嶋屋の……」

百造は言いかけて口を噤《つぐ》んだ。

「ほう。おぬしの身代わりで死んだ野平の娘に嫁入りの話があるとは。長い歳月が流れたものよの、あれから」

皮肉を残し、店を出て行く久保木を、海津は苦々しく見送った。

6

「何だと、口入屋の女房の玉世が、田嶋屋治兵衛の昔の女だというのか」

三吉の調べを聞いて、孫六は胸の奥で何かが弾《はじ》ける音を聞いた。

「しかも、ぼろっ切れを捨てるみてえに、それは酷《ひど》い仕打ちだったと、何人もから聞きました」

「三吉、ひょっとすると、大手柄かも知れねえぞ」

「大手柄？　ほんとですか、えっへへへ」

三吉が満面の笑みを浮かべて照れた。

「捨てられた女が納まった先が、口入屋杉田屋の女房か……」

不意に、いつか木之内が言っていた言葉が頭に浮かんだ。

盗人《ぬすっと》どもは、世を忍ぶ生業《なりわい》を持っている――という言葉だ。

口入屋の杉田屋も料亭の松島も、盗賊どもの世を忍ぶ仮の姿だとしたら――

孫六は頭の中で、寄木《よせぎ》細工を組み立てるように、あれこれを思い浮かべている。

もしも、雨の夜の料亭松島の奥座敷の集まりが盗賊一味〈御用党〉の密談の会合で、その席に現れた役人が久保木大膳だとしたら――

そして、玉世が治兵衛の昔の女で、無慈悲に捨てられた――

ことの発端は、やはり海津の一言だったのではないか。

綾乃の縁談の相手が田嶋屋の誠之助だと、まさか百造の女房の玉世が田嶋屋治兵衛の昔の女だとは知らない海津が百造に洩《も》らした一言――

「親分、親分」

三吉に肩を叩《たた》かれて、思考が中断された。

海津が来ていた。何かあったのだろうか、表情が硬い。

「口入屋で思いがけぬ人物と会った」

「杉田屋で誰とお会いになったんで」

「久保木様だ」

「筆頭与力の久保木様が杉田屋に？」

「随分と親しげなのだ、百造の女房ともどもな」

「玉世と？」

また一つ、胸の中で弾ける音がした。

「もしもが、本当になったらしいや」

孫六の言葉の意味がわからず、海津は怪訝《けげん》な顔をしている。


その翌日――

番屋に木之内を訪ねた孫六は、誠之助が解き放ちになったと知った。

「久保木様のご判断ですね」

この時、孫六はこの先の筋書きが読めた。

「その久保木様のことですが」

孫六は海津から聞いた、久保木と杉田屋の百造、玉世夫婦との蜜月《みつげつ》ぶりを伝えた。

さらに、百造の女房の玉世が、田嶋屋治兵衛の昔の女だったことも。

そして、これまでにまとめた考えを披露した。

杉田屋の百造と料亭の松島は三軒の大店《おおだな》を襲い大金を奪った御用党の一味で、一味は、次の標的を田嶋屋と決めていた。

ところが、海津が百造に洩らした綾乃と誠之助の縁談が玉世の耳に入り、玉世の胸に治兵衛への恨みの炎が燃え上がった。ただ店を襲って金を奪うだけではなく、自分を捨てた治兵衛を苦しめてやろう、玉世の中でそんな悪心が働いた。そして、亭主の百造を焚《た》きつけた――

「田嶋屋襲撃予告の貼り紙も、誠之助をお仲殺しの下手人に仕立てようとしたのも、すべては治兵衛に恐怖や苦しみを与える意図だったと思われます」

「女の恨みは執念深いな」

「玉世が治兵衛からどんな酷い仕打ちを受けたのか、それは玉世本人に訊《き》くしかありません。恨みは足を踏まれた方がよく覚えているもの、玉世が今でも治兵衛を恨んでいたとしても不思議はありません。松島は御用党一味の集合場所で、女中のお仲は、あの雨の晩、盗賊一味の密談を立ち聞きしてしまい、口を封じられたに違いありません」

「御用党一味をどうやってお縄にするかだな」

「そのことで、ちょいとお話が」


その夜——

出嶋屋の裏口から一輛《いちりょう》の大八車が軋《きし》みを立てながら出て行った。

積荷は筵《むしろ》で覆われていて見えない。

主人の治兵衛の足許《あしもと》を丁稚《でっち》が提灯《ちょうちん》で照らし、手代二人が大八車を転がしている。

通油町を出た大八車の一行は南に向かい、浜町河岸《はまちょうがし》で小舟に荷を積み替えた。

丁稚に命じて大八車を返し、治兵衛は提灯を手にして二人の手代とともに舟に乗り込んだ。

舟は浜町堀をゆっくりと進んだ。

(なかな用心深いな、敵は……)

田嶋屋から一行を尾《つ》けてきた孫六は舟の行方を窺《うかが》った。

治兵衛らを乗せた舟は大川《おおかわ》に出ると、中洲《なかす》の間を巧みに回り込みながら対岸を目指していた。

対岸は永代《えいたい》河岸——永代河岸でその〈取り引き〉は行われるに違いない。

孫六はそう睨《にら》み、永代橋に向かって足を急がせた。

やがて、舟は永代河岸に着岸、積荷が下ろされた。

積荷は千両箱だった。

提灯を下げた治兵衛が先導し、二人の手代は千両箱を一つずつ抱いて、ざくざくと闇の中を進む。

「よおし、お宝をそこに置け」

暗闇の向こうから声がした。

言われた通り、その場に千両箱を置いて、治兵衛が引き上げようとした時だった。

「折角だから、あたしの顔を拝んで行かないかい」

聞き憶《おぼ》えのある女の声がした。

治兵衛は訝《いぶか》りながら闇を透かし見た。

すると、物陰に提灯の明かりが揺れて、二つの人影が現れた。

一人が提灯の明かりで女の顔を照らした。

「お前は、玉世！」

「お久しぶりですね、旦那《だんな》様。うふふふ」

玉世の隣で提灯を手にしているのは百造で、さらに三人の男が姿を現した。その中に黄縞《きじま》の男、房次と松島の主人の村治もいる。

「店に押し入ってお宝を頂戴《ちょうだい》してもよかったんだが、こうして誰も血を流さない取り引きもオツなものだろ」

「まだ何か用があるのかね。なければ私は引き上げます」

「二千両出せば誠之助を解き放つ裏工作をしてあげる、そんな私の話を頭から信じるとは、田嶋屋さんは本当にいい人なんだね」

百造がからかいを含んだ。

「頭から信じるとは、どういうことだ」

「まだわからないのかい、血の巡りの悪い旦那だねえ」

玉世が小馬鹿にするように口の端に笑みを含んだ。

「裏工作なんて話は作り話だ。誠之助を解き放つのは、端っから織り込み済みなんだよ」

白造が、せせら笑った。

「惣領《そうりょう》が料亭の女中と無理心中を図って生き残った。このままでは死罪だ。そう脅かした時のあんたの顔ったらなかったよ。あははは」

玉世が高笑いをした。

「お前たちが誠之助を下手人に仕立てたのか……」

「あははは、やっとわかったのかい」

「どうしてそんな真似を」

「決まってるじゃないか、あんたを苦しめてやりたいからさ。その二千両は昔の手切金代わりにいただく。誠之助の代になったら改めて店に行くから、覚悟してな」

玉世が憎々しげに呟《ほ》えた。

「といっても、お前さんと会うのは今夜が最後だがな」

村治が匕首《あいくち》を抜き、房次ともう一人の仙次《せんじ》が脇差《わきざし》を抜いた。

治兵衛と二人の手代は慌てて逃げ出した。

「待ちやがれ」

追い縋《すが》る男たちの刃物が、月の光を受けて鈍く光る。

治兵衛の背中を切りつけようと、振り上げた刃《やいば》が月光に煌《きら》めいた時。

飛来した石礫《いしつぶて》が男の額を打った。

「誰だ」

治兵衛らを庇《かば》い、割って入ったのは、闇に身を潜めていた孫六である。

庇いながら、治兵衛の提灯を持った。

「悪党ども、それまでだ」

「あっ、お前は」

「神田相生町の孫六だ、御用党の頭目、百造、その女房玉世、料亭松島の村治、房次、そして仙次、神妙にお縄を頂戴しろいっ」

「相手は一人だ、構わねえ、大川に沈めちまえ！」

白造が喚《わめ》いた。

孫六が投げた提灯が燃え上がった。

「その提灯が燃え尽きるまでに、叩《たた》きのめしてやるぜ」

腰の十手を引き抜くと、十手を握る右手で美しい弧を描きながら、右手を外に、左手を内にして胸の前で交差させた。

〈破邪顕正《はじやけんしよう》の型〉の内の〈邪〉の動きである。

村治ら三人の男たちは孫六を囲むように広がり、じりじりと間合いをはかる。

房次が正面から斬りかかった。

孫六は素早く十手を水平に横たえ、棒身を左手で強く支えながら頭上で、がしっ、と刃を受け止めた。

間を置かず、十手を刃の下に擦り込むと、十手鉤《かぎ》で刀身の自由を奪いながら、足を払えば、房次は堪《たま》らず転倒した。すかさず、十手で肩口を打ち据えた。
「野郎！」
仙次が孫六の心ノ臓を狙って突きかかった。
体を沈めてそれを躱《かわ》した。
「ちきしょう！」
再び斬りかかる仙次の刀身を受け止めるや、左手で相手の右手を柄《つか》ごと摑《つか》んだ。
十手を強く真下に押すと、相手の左手が柄から離れた。
その機を逃さず相手の右手を強く捻《ひね》りながら、深く踏み込むや、体全体を使い、
仙次を横転させた。そこに素早く駆け寄り、鳩尾《みぞおち》を強打し、眠らせた。
「死ねっ」
村治が匕首を突き出した。
孫六は軽快に回り込みながら相手の焦りを誘う。
村治がしゃにむに斬りかかる。
匕首を叩き落とすと、猛然と襲い掛かり、孫六の棒身を両手で摑んだ。
村治が不敵な笑みを浮かべた。
だが、次の瞬間、孫六が梃子《てこ》の要領で十手を捻るや、そのまま素早く引き落とし

た。その体を蹴《け》り上げ、頭部を強打し、昏倒《こんとう》させた。

三人の男が倒されると、百造と玉世が泡を食って逃げ出した。

だが、その行く手を阻んだのは木之内だった。

「悪党ども。観念しろいっ！」

木之内の張りのある声が闇に響いた。

誠之助の解き放ちを受け、御用党一味が何らかの動きをするに違いないと、孫六は睨んだ。

孫六は田嶋屋を見張り、木之内は百造を見張った。案の定、田嶋屋は千両箱を運び出し、百造と玉世は松島の村治ら三人と合流、永代河岸に向かった。

孫六の読みはずばり的中し、百造ら御用党一味五人を一網打尽にしたのだった。

7

「あとは大鼠の始末だが、その仕事は木之内の旦那とお奉行の榊原様がしてくれるだろうよ」

大鼠とは言わずと知れた筆頭与力久保木大膳のことである。

事件はほぼ落着、孫六は板の間の端に腰を掛け、いい香りの立つ茶を啜《すす》った。

今夜の仕込みも終え、板場からは今にも腹の虫が鳴きそうな、惣菜《そうざい》の美味《おい》しい匂いが漂ってくる。

淡く差し込む西陽がほんのりと店内を染めている。

久々に味わう開店前のくつろいだひとときである。

「田嶋屋は隠居して、誠之助さんに店を譲るらしいですね」

三吉も横で煎餅《せんべい》を齧《かじ》る。

「若い人に任せた方がいいわよ、年寄りがいつまでもしがみついていないで」

お倫も孫六の傍に腰を据えた。

「海津の旦那が髭《ひげ》を剃《そ》るのももうじきですね、どんな顔になるんでしょうね」

「凜々《りり》しいお顔じゃないかしら」

「案外、間抜け面だったりして、誠之助さんが呆気《あっけ》にとられたり、綾乃さんまでが絶句したりして」

「三吉、馬鹿言ってるんじゃねえよ」

孫六もついつい誘われて笑った。

「ごめんくださいまし、ごめんくださいまし」

店の入口で慌ただしい女の声がした。

お倫が入口に向かった。

風呂敷《ふろしき》包みを小脇に抱えた、気品のある武家の老女が息を弾ませていた。

「こちらは孫六様のお店でございましょうか」

「そうですが」

「いらっしゃいますか」

老女が急ぎの様子だと察して、すぐに孫六も出て行った。

「あっしが主人の孫六ですが、どちら様でございましょうか」

「これは申し遅れました。私は野平信《のぶ》と申します」

「野平、様……もしや、昔、北町で臨時廻《まわ》りをお勤めだった野平清兵衛様の」

「ご存じでございましたか、清兵衛の母でございます」

信は安心した表情に変わり、こう続けた。

「海津七郎太様から、急ぎ孫六様にお見せするようにと言われたものがございまして、それでこうして……」

信はまだ肩で息をしている。

「どうぞお上がりくださいまし。お倫さん、水を」

何か大事な用件に違いないと察し、信を小部屋に通した。

信は出された水を一口含んで、話し始めた。

「何からお話しすれば良いのか混乱しておりますが、とにかくこれをご覧くださいまし。生前、清兵衛が質屋に預けていたものでして……」

早口で言いながら、信は脇に置いた風呂敷包みを手早く広げた。さらに包みに納めていた小袖《こそで》の襟を折り返し、折り畳まれた黄ばんだ書付を取り出した。

「これが襟に縫い付けられておりました、どうぞご覧ください」

差し出された書付を、孫六は広げた。

書面に目を通した途端、どきんと、胸が痛いほど打った。

「これは……」

孫六は信を直視した。

「清兵衛が亡くなって暫《しばら》くして、流す期限が近づいたと質屋から報《しら》せがありまして、請け出しました。その小袖は間違いなく亡き清兵衛が身に着けていたものでございます。大切な形見として仕舞ったままにしておりましたが、私、この度、江戸を離れることになり、片付けを致しておりましたところ、初めて気付いた次第でございます……」

その書付には驚くべき事実が記されていた。

それは、多額の金品を受理することで吟味に手心を加えるなど、永年に亘《わた》る久保木大膳の不正を記した書付だった。そこには口入屋杉田屋との密接な間柄も綿密に書き記されていた。

十年前の秘密が、十年の歳月を経て、今、露《あら》わになった。

「この書付をご覧になった海津様が、あっしに急ぎ届けるようにと、そう仰《おっしゃ》ったんですね」

この書付を奉行所に届け、十年前の真実を明らかにして欲しい、そう願って、海津は孫六に託したのだろう。

「これはあっしから必ずお奉行様にお届け致します」

「よろしくお願い致します。もう少し早く気づけば、もっと早く息子の無念を晴らすことができたものを……」

信がそっと目許《めもと》を拭《ぬぐ》うと、こう続けた。

「でも、七郎太様もお可哀相でしたから……祝言を間近に控えて、許嫁《いいなずけ》を病で亡くされたのですからね」

初耳だった。

「七郎太様は、大層嘆き悲しまれ、それが昂《こう》じて、毎晩、お酒の力を借りるようになってしまいました。そして、十年前のあの晩……」

海津は泥酔し、出役が叶《かな》わず、代わった野平清兵衛が殉職した。

御役目に支障をきたした言い訳にならないにしても、若き日の海津の酒には辛《つら》く悲しい事情があったのだ。

だが、野平清兵衛が命を落としたのは己の落度だと、海津はその責めを負い、まだ小さかった野平の娘、綾乃を引き取って今日まで育てた。

「私が病がちでしたので、お願いしてお預かりいただきました」

そもそも、なぜ野平は証《あかし》の書付を質屋に預けたのだろうか。

奉行所に報告する前に、何か身の危険を感じるような出来事でもあって、証の書付を小袖に隠し、質屋に預けたのではないだろうか。

つまり、野平の探索の手が我が身に近づいているのを感づいた久保木が、野平に刺客でも差し向けていたのではないか。

一瞬、冷酷な情景が浮かんだ。

それは、臨時出役のどさくさに紛れて、野平が久保木から口を封じられる、そんな目を背けたくなる醜い光景だった。

もしや、海津の脳裏にも、いま孫六が思い浮かべたのと同じ光景が過《よぎ》ったのではないか。

その時、顔を強張《こわば》らせて木之内が駆け込んできた。

「久保木が消えた！」

「海津様！」

孫六と木之内は海津の家に駆けつけ、声を張った。

すると、明かりも灯《とも》らぬ家の奥から、血の気が引いて白い顔の綾乃が出て来た。

「父の姿がありません、このような書置きが……」

手を震わせながら書付を孫六に手渡した。

その書付には

綾乃　しあわせを祈る　父

と、短く墨書されていた。

「嫌な予感がする、海津様はどこに行ったのだ」

「久保木が姿を眩《くら》ましたのも気になります。もしや、海津様が久保木を呼び出したんじゃ」

「野平殿の仇討《あだう》ちか！　場所は」

「本郷の三念寺じゃありませんか。十年前の捕物出役は、三念寺に人質を取って立て籠《こ》もった盗賊どもを一網打尽にしようとしたはず」

「うむ、急ごう」

「私も参ります」

綾乃も土間に降り立つが、孫六と木之内は構わず外に飛び出した。


青い月明かりに照らされた本郷三念寺の境内――

突如、夜烏《よがらす》が羽ばたいて静寂を破った。

玉砂利を踏み鳴らして、黒い人影が境内を歩いて来た。それは久保木大膳で、久保木はゆっくりと本堂の前で足を止めた。

「海津七郎太、どこだ」

本堂の陰からゆっくりと、海津は出て行った。

「よく来た、久保木大膳。貴様をここに呼び出した意味はわかっているな」

「………」

「十年前、捕物出役でこの三念寺に出張った際、ひそかに野平清兵衛殿を斬った。身に覚えがあろう」

「………」

「貴様の不正の数々を、野平殿に摑《つか》まれたと知って口を封じるとは、武士にあるまじき、いや、人にあるまじき卑怯《ひきょう》卑劣な蛮行だ。野平殿の無念、今こそこの海津七郎太が晴らしてくれる」

すると、久保木が手早く羽織を脱いだ。その下には襷《たすき》が掛けられていた。

海津がすらりと鞘《さや》を払うと、久保木もわずかに後退《あとじさ》りしながら鞘を払った。

月明の下で、白刃が煌《きらめ》く。

当初は互角と見えたが、徐々に踏み込みが鋭い海津が優勢になり、久保木の顔に焦りが浮かんだ。

久保木の目が、一瞬、泳いだ。

その隙を逃さず踏み込んだ海津の剣が久保木を袈裟《けさ》懸けに斬った。

呻《うめ》いて、よろよろと下がる久保木の顔に恐怖が浮かぶ。

海津はさらに踏み込んで白刃を振り下ろし、久保木の額を断ち割った、その時。

濃紺の夜空に銃声が谺《こだま》した。

それは、孫六と木之内が山門をくぐった時だった。

「海津様」

孫六と木之内は境内を駆け抜ける。

玉砂利の上に黒い人影が二つ、倒れ込んだ。

別の人影が玉砂利を踏み鳴らして遠ざかる。

逃げるその男を、木之内が追った。

倒れ込んだ二つの人影は久保木と海津だった。

孫六は海津の傍に片膝《かたひざ》を突き、抱き起こした。

「海津様、しっかりしなせえ」

「その声は孫六殿か」

「野平清兵衛様の書付は、確かにお預かり致しました」

「それを、お奉行に届けてくれ……」

「必ずお届けします」

「それで野平殿の無念が晴れる、母御も安堵《あんど》なされることだろう」

木之内が戻ってきた。

「抗《あらが》うので、やむを得ず斬った。久保木の若党だろう。短筒は回収した」

そこへ、玉砂利を踏み鳴らす音が聞こえて、綾乃が駆けつけた。

「父上！」

海津の傍にひざまずき、その右手を両手で包むようにして握った。

「綾乃、お前の実の父、野平清兵衛殿の仇《かたき》を討ったぞ」

「はい」

「誠之助殿と幸せになるんだ、わしの最後の頼みだ……」

綾乃は涙の目で頷《うなず》き返した。

「向こうで、野平殿に顔向けができる……」

海津はほっとした表情を浮かべた。

「何を言うのです、父上。そのように弱気なことを仰《おっしゃ》ってはなりませぬ」

「何を泣くのだ、綾乃。わしは嬉《うれ》しくて仕方がないのだ。笑ってくれぬか」

綾乃は溢《あふ》れる涙を拭《ぬぐ》おうともせず、海津の手を固く握り締めている。

「笑ってくれ、綾乃……」

綾乃は懸命に笑顔を取り繕う。

「お酒を断つのは、今宵《こよい》限りにしましょうね」

「お前が嫁ぐ日には、たらふく呑《の》むぞ。よいな？」

「いくらでも、お好きなだけお呑みください。私が介抱して差し上げます……」

「花嫁に介抱させるわけには参らぬだろう、ははは……」

「そのお髭《ひげ》も剃《そ》りませんと」

海津の息が荒くなる。

「父上、しっかり、しっかりして！」

もう見えぬであろう海津の両の瞳《ひとみ》が、何か探すように夜空の彼方《かなた》に向けられた。

「もうすぐ、会える……」

「え？」

「永い間、心配を懸けた……だが、きっと、許してくれるだろう、あの人も」

あの人とは、結ばれなかった許嫁《いいなずけ》のことだろうか。

海津は静かに息を引き取った。

そろっと横たえた海津に、綾乃がわっと泣きすがった。

降り注ぐ月明かりの下で、孫六と木之内は静かに手を合わせ、立ち尽くした。


その夜、夢を見た。

孫六は、小高い丘の上の草叢《くさむら》に海津と並んで腰を下ろし、昇ったばかりの大きな満月を眺めていた。

孫六も海津も黒羽織を羽織った同心の身形《みなり》だ。

降るような星空から「ここよ」と若い女の声が降って来た。結衣の声だ。

「御用だ、神妙にしろいっ」

結衣が十手を構えるふりをして戯《ふざ》けた。

「馬鹿言ってやがる」

孫六は苦笑いをした。

結衣の隣にもう一人の若い女の姿が浮かび上がり、柔らかな笑顔を振り向けた。

「結衣さんと仲良くやっているのだな」

海津が呼びかけた。

結衣と一緒にいるのは、海津の許嫁だった。

ふと、脇に目をやると海津の姿はなく、いつの間にか結衣たちの方に行っていた。

「あなた、体に気をつけてね」

三人が手を振りながら、星空に消えた。

夢から覚めた孫六の目にうっすらと涙が滲《にじ》んだ。

「海津の旦那《だんな》は、この十年間、ずっと亡くなった許嫁のことを思っていたんだねえ。そんな男もいるんだ」

〈柚子〉の板の間に腰を掛けたお倫が、溜《た》め息混じりに呟《つぶや》いた。

お倫の横で茶を啜《すす》っていた孫六は三吉と目配《めくば》せし合い、肩をすくめた。

「だって、まだ祝言も挙げていない人をだよ。一途《いちず》だと思うでしょ、孫さんも」

「ああ、思うとも」

「ねえ、三吉さん」

「そう思います」

「酒も呑まねえのに、昼間っから酔ってるみてえだな、三吉」

孫六は小声で言った。

「何か言ったかい?」

「いや、何にも。ほんの独り言よ」

「これまで会ったのは、銭勘定や世渡りのうまい男ばっかりだった。ああ、羨《うらや》ましい。死ぬまでに一遍でいいから、海津様みたいな一途な男に、心底尽くしてみたいもんだねえ」

孫六は「向こうへ」とつつくように指を差すと、三吉とともにそろっとその場を離れる。

「孫さんは海津様みたいに、十年間ずっと、一人の女を想い続ける自信がおありかい？　あら、孫さん。孫さんったら、もう」

お倫の独り語りから逃げ出した孫六は裏庭に回ると、春になったら野菜の種でも播《ま》こうかと、鍬《くわ》を手にした。

第二話「竹光同心」

1

「今度な、氷室みてえなものを拵《こしら》えてみようかと思ってるんだ」

日本橋《にほんばし》の魚河岸《うおがし》で仕入れを終えての帰り道、頬被《ほおかむ》りをして荷車を曳《ひ》く孫六《まごろく》が目を輝かせた。

「氷室ってなんですか」

そう訊《き》いたのは、並んで歩く剽軽者《ひょうきんもの》の下っ引き、三吉《さんきち》である。

「お氷様を溶けねえように仕舞っておく穴蔵のことだ」

氷室とは、冬に切り出した天然氷を夏まで貯蔵する室のことで、古書には、土を一丈（約三メートル）余り掘り、芒《すすき》や茅《かや》などの草を厚く敷いてその上に氷を置き、さらに草で覆ったと記されている。

「何でそんなものを」

「魚や貝を少しでも悪くしねえようにさ。冬になったら雪がたくさん降る。江戸は寒いからな。穴蔵をその雪でいっぱいに埋めて、固めて、そこに魚などの生ものを仕舞っておくんだ。そうすりゃ、いくらかでも腐るのを防げると思うんだ」

「そりゃいいや。けど、氷室ってのは簡単に作れるもんですか」

「わからねえ。わからねえが、昔の人の言い伝えの通りやってみる」

「何だか頼りねえ話ですね」

「こら、人を小馬鹿にした顔をしやがって」

和泉橋《いずみばし》の近くまで来た時だった。

橋の向こうから、小柄な武士が小股《こまた》でいそいそと渡ってきた。

「あ、田村《たむら》の旦那だ」

橋を渡ってくる律儀そうなその人物は、北町奉行所納戸掛《きたまちぶぎょうしょなんどがかり》の田村喜兵衛《きへえ》である。定町廻《じょうまちまわ》り在職中に奉行所内で顔は見掛けたことはあるが、殆《ほとん》ど口を利いたことはないのではないか。

「そうだ、田村様に頼んでみよう」

三吉が、ポンと、一つ手を叩《たた》いた。

「頼むって、何を」

「聞いていませんか？　ご子息の一之進《いちのしん》様は神武《じんむ》以来の秀才なんでさ。で、ご公儀の偉い学者たちから長崎留学を勧められているそうですよ。蘭学でさ、蘭学。将来を誓い合ったお嫁さんもいるんです、御徒町《おかちまち》の御家人の娘さんです」

「そういう話はよく知ってるな、おい」

三吉はいそいそと田村に近寄っていく。

「田村様、お早いお出掛けですね」

手揉《ても》みでもするような愛想のいい声だ。

「誰だったかな」

田村は目尻《めじり》に優しげな皺《しわ》を寄せて、三吉の顔を覗《のぞ》き込むようにした。

「三吉と申します。定町廻りの木之内《きのうち》様に可愛がってもらっているケチな野郎です」

「そうかそうか、それは失礼した」

田村は荷車を曳く孫六に目を向けると、しげしげと見詰めた。やがて、思い至った顔になる。

「青江《あおえ》さん、青江さんでしょ？　違いますか」

孫六は頬被りを取って、会釈を返した。

「今は十手名人の孫六さんでしたな」

「孫六さんはよしてください。そこらじゅうがむず痒《がゆ》くなります」

照れて、頭に手をやった。

「あっしはもう刀を捨てて町人です。どうぞ孫六と呼び捨てにしていただければ。その方が気が楽ですので」

「そう言われても、直ちに、とはなりませんよ。何しろ、青江さんの活躍ぶりは、奉行所の奥にいる納戸掛の私の耳にも入っておりましたから」

「畏《おそ》れ入ります」

「青江さん。あ、また、口にしてしまった。今日のところはお許しいただき、青江さんと呼ばせてください」

田村の生真面目ぶりが微笑ましくもあり、嬉《うれ》しくもある。

「青江さんを目明かしとして奉行所に迎えたのも、お奉行の榊原《さかきばら》様があなたの力を借りたかったからでしょう。江戸《えど》は人が増えて、それにつれて事件、犯罪も増えた。衣食足りて礼節を知らぬ悲しい世の中になってしまった……いや、愚痴でした。何かと大変だが、よろしく頼みます。では、これにてごめん」

田村は律儀に一礼して先を急いだ。

「田村様」

三吉が呼び止めた。

「神武以来の秀才の一之進様に教えてもらいてえことがありまして」

「一之進に訊きたいことがある、お前がか」

田村が意外そうな顔を向けた。

「いえいえ。あっしじゃなくて親分が、いや、孫六の旦那《だんな》が、氷室を拵えたいそうなんでさ」

「氷室？」

「一之進様に、一度訊いてもらえませんでしょうか、拵え方を」

「いい加減にしねえか、三吉。いきなりご迷惑じゃねえか。申し訳ありません」

「氷室の作り方だな。一之進に訊いておこう。しかし、氷室の作り方は蘭学でわかるものなのかな」

田村は小首を傾げながら立ち去った。

「よかったですね、親分」

「まったくお前は怖いもの知らずだな」

「えっへへへ」

「しかし、田村様の仰《おつしや》る通り、氷室ってなぁ、俺たちの国の、日の本の特別なものなんじゃねえのかな」

「何だ、そうなんですか」

「勝手にがっかりするがいいや」

孫六は振り向いて遠ざかる田村の後ろ姿を見送った。

地味な御役目をこつこつと果たしてきたのだろう。遠ざかる小柄な背中がそれを物語っていた。

「非番なんだろうが、こんなに早くからどこに行ってたんだろうな」

「七つ屋ですよ、七つ屋」

七つ屋とは、質屋の隠語のような呼び方で、櫛《くし》屋は十三屋、飛脚屋が十七屋と呼ばれる類《たぐい》である。櫛屋は九と四を足して十三という洒落《しゃれ》はわかりやすい。飛脚屋を十七屋と呼ぶのは、十七夜が立待ち月と呼ばれることから、「たちまち着く」という掛け言葉のような意味だというから風情のある呼び方である。

「田村様は律儀なお人ですから、質草を流さねえように、きちんと利子を入れているんですよ」

「何でもよく知ってるな。三吉、お前の出番はもうすぐだぜ」

「嫌だな、親分、照れるじゃありませんか」

おおいに気を良くする三吉である。

夕暮れて、神田相生町《かんだあいおいちょう》にある四文屋《しもんや》〈柚子《ゆず》〉も黄昏《たそがれ》に包まれた。

お倫《りん》が縄暖簾《なわのれん》を掛け、店先の提灯《ちょうちん》に灯を入れた時、二人連れの客がやって来た。

一番乗りのその二人は馴染《なじ》みの駕籠《かご》かきである。

「いらっしゃい、お早いじゃないの」

お倫が歯切れよく客を迎える。

「うーん、いい匂いだ。腹の虫が盛大に鳴き始めたぜ」

鼻を鳴らす二人を、お倫が、

「さ、どうぞどうぞ」

と、その背中を押すようにして店の中に誘い入れる。

店内は、十二畳ほどの板の間が衝立《ついたて》で三つに仕切られていて、客は板の間に胡座《あぐら》を掻《か》いて呑《の》み食いする。

駕籠かきの二人は奥の隅に陣取った。

「女将さん、お酒」

「また女将さんて言う。私は手伝いだって言ってるでしょ」

「いいじゃありませんか。お倫さんが来てからでしょ、この店が繁盛し出したのは。それまでは閑古鳥がぴーぴー鳴いてたじゃねえか。大きな声じゃ言えねえが、孫さんじゃ駄目」

開店当初は孫六独りで店を切り盛りしていた。お倫が店に来られなかったのは身内に不幸があったためで、お倫が店に来たのは開店の半年後のことだった。だから、口の悪い常連客は、閑古鳥の鳴く店を、お倫が立て直したと揶揄《やゆ》するのである。

「聞こえるわよ」

「聞こえねえ聞こえねえ」

「ちゃんと聞こえてるぜ」

土間を挟んだ板場から水引暖簾《のれん》を割って、孫六が顔を出した。片袖《かたそで》だけをたすき上げる片襷《かただすき》をして、料理の入った小皿を載せた盆を手にしている。

「いよっ、相変わらず孫さんは凜々《りり》しいね。男も惚《ほ》れる男っぷりだ」

「今もね、褒めていたんですよ」

「何言ってやがる。さんざ人の悪口を言ってたくせして」

「だけど、冗談抜きで、お倫さんに足を向けて寝れねえよ。孫さん独りじゃ、今頃店に戸が立ってら。武士の商法の見本みてえだもんな、孫さんは」

「武士の商法はひどいな。ま、ゆっくりしていってくんな」

孫六は苦笑いして、棚に盆の小皿を並べる。

「いい匂いだな」

「越後《えちご》の〈けんさ焼〉だ」

平たく丸くにぎったご飯に生姜味噌《しょうがみそ》をつけ、弱火でじっくり焼いたものである。

正月の宴会の後の夜食に食べられ、その名の謂《いわ》れは、剣の形をした竹串《たけぐし》におにぎりを刺して焼いて食べたからと言われている。

駕籠かきの一人が、ぽん、と手を打った。

「今日から始まる〈三日限り〉だな？」

「わかってくれたかい。一番乗りのお客さん、一つ、味見をお願いします」

「まかしときな」

きさくな孫六に、駕籠かきの二人もついつい調子に乗り、さっそく箸《はし》をつけた。

「美味《うま》い！」

二人が声を揃えた。

「ありがとよ」

出した料理を「美味い」と言ってもらえるのが、何よりの喜びである。

〈三日限り〉とは、孫六が旅先でめぐりあった、その土地土地の素朴な郷土料理を、孫六なりに精一杯思い出して作った料理を提供する試みのことである。

何年にも亘《わた》り書き留めた献立日誌を基に、毎月三の付く日から三日間だけ、月三回提供するので〈三日限り〉と名付けた。〈三日限り〉は〈柚子〉の名物として漸《ようや》く定着した。

「けどさ、近頃の侍ときた日にゃ、どうしようもねえぜ」

二人が酒を一口呑んで、こぼした。

「何かあったのかい」

小皿や小鉢を並べ終えた孫六が訊《き》いた。

「三、四日前のことよ。旗本の冷や飯食いか何か知らねえが、昼間っから働きもしねえで酒をかっ喰《く》らいやがって、若い娘を力ずくで連れ去ろうとしたんでさ。だから、俺たち二人、叫んだんだ。何しやがるんでぇ！」

「そしたら野郎、刀の柄《つか》に手を掛けやがった」

「だから、逃げ回りながら言ってやったぜ、人殺し！　ってよ」

「そこへ侍が二人駆けつけたんで、冷や飯食いの野郎、逃げ出しやがった」

「どこのどいつさ、侍の風上にも置けないね」

お倫も腹を立てた。

「今時の侍はそんなんばっかしよ。孫さん、侍は駄目」

「耳にしたくねえ話だな」

孫六もうんざりした気分だ。

「何の話だっけ。あ、そうそう。武士の商法でも何でも、孫さん、頑張るんだぜ」

「お倫さんに頼ってな」

「聞きたくねえ、聞きたくねえよ」

両の耳の穴に指を突っ込んで板場に戻る孫六を見て、二人が大笑いした。

今夜も馴染みの客や新顔の客が店をいっぱいに埋めてくれた。

次々と小皿や小鉢がなくなり、酒も進み、賑《にぎ》やかだが、穏やかな時がゆっくりと流れていた。

その流れが止められた。

縄暖簾を跳ね上げ、バタバタと三吉が駆け込んできたのである。

「姐《あね》さん、すいません」

お倫の脇をすり抜けて板場に飛び込んだ。

「親分、大変だ！」

「埃《ほこり》が立つぜ。どうした」

「上野《うえの》の質屋が襲われました！」

孫六の眼光が鋭さを帯びた。

2

孫六と三吉が上野一丁目の質屋「伊勢仁《いせじん》」に駆けつけ、低いくぐり戸から中に入ると、店の中では北町奉行所の定町廻り《じょうまちまわ》同心、木之内一徹《いってつ》が帳場の前に立て膝《ひざ》を突き、考えに耽《ふけ》っていた。

帳場の脇には行燈《あんどん》が灯《とも》っており、その背後には質札の反古《ほご》が束ねて吊《つ》り下げられている。神主がお祓《はら》いに使う大麻《おおぬさ》を三つ束ねたほどの分量で、大きな七夕飾りのようにも見え、店が繁盛している様子が窺《うかが》えた。

また、近くの壁には〈質物六ヶ月限相流申候〉〈はきもの御用心〉などの貼り紙がある。

「木之内様」

「孫六か、早かったな。その二人が賊が逃げるのを目撃した者たちだ。お前たち、すまねえが、俺に聞かせてくれた話を、もう一度孫六親分にしてくれねえか」

木之内は、土間の片隅にいる肩に手拭《てぬぐ》いを引っ掛けた湯屋帰りの二人の男を振り返った。

「四つ（午後十時頃）過ぎだったと思います。湯屋の二階で一杯やっていい気分で質屋の近くまで来た時でした。真っ暗な中に明かりが揺れて」

「店のくぐり戸から、体を低くして黒い人影が二つ出て来ると、急いで駆け去ったんです」

「一人は覆面をしたお侍、もう一人は町人で大きな袋を肩に背負っていました」

「賊はどっちの方角に逃げたんだい」

孫六が訊いた。

「天神様に向かう道を」

「それで？」

「忍び足で戸口まで寄ると、中から、呻《うめ》き声がして」

「恐る恐るくぐり戸を開けて覗《のぞ》いたら、土間に店の主人が血ぃ流して、うんうん唸《うな》っておりました」

二人の男が代わる代わる目撃した様子を話した。

「それですぐに番屋に報《しら》せてくれたんだな。その侍だが、浪人かい、それとも歴《れっき》とした武士だったかい」

「暗くてよくはわからねえけど、袴《はかま》はぱりっとしてたよな？」

「ああ、尾羽打ち枯らしたという身形《みなり》じゃなかったと思います」

「ありがとよ、ご苦労だったな」

孫六は二人をねぎらった。

「お前たち、帰っていいぜ。湯冷めさしちまってすまなかったな、よかったら湯に入り直してくんな」

木之内が二人の男に小銭を握らせた。

二人の男は銭を袂《たもと》に仕舞い、引き上げた。

「こいつは、どうも」

孫六も板の間に上がった。

奥の間との境に掛かる長暖簾《ながのれん》を片手で割って、明かりのない部屋の中を覗いた。

「質草を納める部屋のようですね」

「箪笥《たんす》がびっしりと置いてあって、抽斗《ひきだし》の中が引っ掻《か》き回されている」

木之内が言うように、そこかしこの抽斗が開け放たれ、荒らされていた。

帳場の脇には、質草と思われる品々が並べられ、卓上には帳面と筆と硯《すずり》が出しっ放しになっていた。

「夜なべして帳付けでもしていたようですね。取引客も多いみたいで、なかなか信頼されている店のようだ」

孫六は質札の反古紙の束を見て言った。

「主人は仁兵衛《にへえ》というんだが、仁兵衛も、賊は二人、その内の一人は覆面をした侍だと言っていた。さっきの男たちの目撃証言とも合致する」

「もう一人の町人が盗品の運び役でしょうか。それで、仁兵衛は今どこに」

「痛《いて》ぇ痛ぇ喚《わめ》いた挙句に、止まらねえ血を見て卒倒しちまった。仕方がねえから駕《か》籠《ご》を呼んで、医者に運ばせた。だから今は被害の詳細はわからねえ。通いの番頭の杉蔵《すぎぞう》ならば店の隅々までわかっていると仁兵衛が言うんで、小者を呼びに走らせた。杉蔵が来れば、何を盗《と》られたのかわかるだろう」

「わかりやした」

「孫六、あとは頼む。俺は押し入った二人組の行方を追う」

「木之内様、もし侍が浪人じゃねえとすると、旗本、御家人、あるいは大名の江戸勤番侍ってことも……そうなると、ちょいと厄介ですね」

「下手人を突き止めるのが先決だ。後のことはそれからだ。何かわかったら、明日《あした》、奉行所で聞かせてくれ」

木之内は着流しの裾《すそ》を翻して店を出て行った。

それから四半刻《しはんとき》（約三〇分）ほどして、番頭の杉蔵がやって来た。

口数の少なそうな、表情に乏しい男である。

「呼びに行った者から聞いたと思うが、主人の仁兵衛は医者に行っている。お前さんなら店の隅々までよくわかっていると仁兵衛が言ったそうだ。すまねえが、ちょいと調べてもらって、何が盗まれたか教えてくんな」

「かしこまりました」

杉蔵は顔色一つ変えず返事をすると、提げてきた提灯《ちょうちん》を手に、長暖簾を分けて奥の部屋に入った。

「三吉、そこの行燈を部屋に入れな」

孫六に言われて、三吉は帳場の行燈を奥の部屋に入れた。

奥の部屋は六畳の二間続きで、三方にずらりと質草を収納した簞笥が並んでいた。

杉蔵は提灯を翳《かざ》しながら、開け放たれた抽斗の一つ一つを、高い所は踏み台を使って、丁寧にその中身を確かめた。

丁寧なので時を要しているが、孫六は敷居際に立って、じっと杉蔵の調べの結果を待った。

「簪《かんざし》がごっそりと失くなっています。詳しい数は台帳と照らし合わさなくてはわかりません。急いで鷲摑《わしづか》みしたように見えます」

「鷲摑みだと、どうしてわかるんだい？」

「上物もそこらの安物も混ざって残っていますので」

杉蔵が冷静な口調で答えた。

「なるほど」

主人の仁兵衛が言うように、杉蔵ならば調べを任せて間違いないようだ。

杉蔵は最後に一番奥の箪笥を調べた。上から順に抽斗を検《あらた》め終えると、畳に正座して、最下段の抽斗を引いた。小さく口が開いた。

「どうした」

「刀がございません、四口とも」

「盗まれたのは刀と簪か。他に何か盗られた物はねえのか」

「ございません」

「こんなに荒らされているのにか」

「御念には及びません」

杉蔵は愛想はないが、きっぱりと答えた。

「ちょいと訊《き》くが、盗まれた物よりもっと金目の物があるのかい？」

「いくらでもございますとも。盗人《ぬすっと》は物を見る目はないようでございます」

杉蔵は能面のような表情を初めて崩し、微苦笑を浮かべた。

「金目の品は盗られていねえんだな」

「左様でございます」

「わかった。刀の預け主を教えてもらおうか」

「かしこまりました、帳場に戻りまして台帳を繰ります。すぐにわかります」

杉蔵は質草の収納部屋を出ると、帳場に行って台帳を繰り始めた。

「こちらのお客様でございます」

杉蔵は台帳の開いた頁を指差して、孫六に教えた。

その中の一行に孫六の視線が釘付《くぎづ》けになった。

刀の銘――といっても二口は無銘だが――そして、名前と住まい、預かった日付、金額などが記されたその中に、孫六の知った名前があったからだ。

無銘　二尺一寸五分　田村喜兵衛　八丁堀《はっちょうぼり》

北町奉行所納戸掛の田村である。

田村のほかの三人は、一人が無役の御家人、ほかの二人は浪人だった。

いずれも、刀の銘、名前、住まいなどが記されている。

盗まれた四口の刀の持ち主、つまり質草の預け主がわかったからといって、直ちに事件解決に結びつくわけではない。それでも、一つの手掛かり、事件解決の緒《いとぐち》には違いない。

盗まれたのは刀と簪だけ。その取り合わせに、ちぐはぐな気がしてならない孫六である。

「何っ、田村さんが刀を質入れしていただと」

木之内が「ちっ」と小さく舌打ちをすると、きりきりと奥歯を噛《か》んだ。

若い木之内にすれば、武士が刀を質入れするなど許せないのだろう。

ここは北町奉行所の吟味部屋である。

翌朝早く、孫六は木之内に昨夜の調べの結果を報告に来た。

田村の刀質入れの一件もありのままに話したところだった。

「盗まれたのは刀四口と簪か。よし、先《ま》ずは盗人どもが盗品を金に換えるのを防がなきゃならねえ」

木之内は刀屋と骨董屋《こっとうや》、同業の質屋、損料屋に触れを回すことを決めた。

切れ者らしく打つ手も早い。

「それと、闇の故買屋も洗わなきゃならねえ」

故買屋というのは、品物が盗品とわかっても内緒で買い上げる商いをする者のことである。故買人とも言う。無論、法に触れた闇商いである。

「木之内様、盗人の目当ては端《はな》っから刀だったんじゃねえかと、そんな気がするんですが」

「なぜそう思うんだ」

木之内の目が先を促す。

「番頭の杉蔵が、簪が上物もそこいらの安物も混ざって残されていて、盗人は簪を鷲摑みしたんじゃねえかと、そう申しまして」

「鷲摑み……」

「質草を納めた部屋の様子を素直に眺めれば、盗人は部屋に入るなり片っ端から簞《たん》笥《す》の中を探り、奥の簞笥に納められていた刀に目を付け、その刀を盗んで逃げた、そのように見えます。しかし、もし、端っから刀が目当てだったとすれば、どうでしょう」

「む？」

「盗人が片っ端から抽斗《ひきだし》を引いたのは、刀を捜し出すのが目当てで、漸《ようや》く奥の簞笥で刀をみつけた。そして、それを持ち去った。抽斗は、帰りがけにわざと中を荒らしたように見せ掛けたんじゃねえでしょうか」

「刀が目当てだと気づかれねえように、攪乱《かくらん》したというのか」

木之内が打てば響くように返した。

「簪は、それこそ行きがけの駄賃てやつじゃねえかと」

盗品の運び役の町人の男が引き上げる時に、慌てて簪を鷲摑みにする光景を思い浮かべた。

「杉蔵はこうも言っておりました。盗まれた物よりもっと金目の物があると」

「賊の目当ては、武士が刀、町人が簪、そんな構図か」

「ただ、ちょいと解せねえのは……」

孫六が言葉を切った。

「刀の蒐集《しゅうしゅう》家が刀欲しさに目が眩《くら》んで不届きな真似をする、そいつは考えられますが、刀が目当てなら、端っから刀屋を襲うんじゃありませんか」

「あの店に正宗《まさむね》や村正《むらまさ》があるとは思えねえしな」

木之内もそれは納得する様子だ。

「手っ取り早くまとまった金が欲しいのかも知れねえ。とにかく手だけは打とう」

木之内はきっぱりと言った。

「ひと通り、盗まれた刀の持ち主には当たらなきゃ仕方がねえな」

木之内がちらりと孫六に視線を飛ばし、きりきりと奥歯を嚙み締めた。

田村を頭に浮かべているのがわかった。

「旦那《だんな》、出過ぎたことを申しますが、頭ごなしに叱りつけるのは、どうかお止めくださいまし。あっしが色々話を訊きますので」

孫六に言われて、木之内は不満顔で押し黙っている。

刀は武士の魂、それを質入れするなど、と木之内は立腹していた。直《じか》に田村の顔を見れば、その不満と怒りが噴出するのではないか、孫六はそれを心配した。

やがて、廊下に控えめな足音が聞こえ、部屋の外で声がした。

「遅くなりました。田村でござる」

重い板戸を細目に開けて田村が顔を覗《のぞ》かせた。木之内に会釈すると、孫六も一緒だと気づいて孫六にも目礼を寄越《よこ》した。

上役でもない木之内から呼び出されて、困惑を浮かべている。

「お呼び立てして申し訳ありません、どうぞ」

木之内の声の調子は硬いが、年上の田村に対する礼は弁《わきま》え、招き入れた。

膝《ひざ》を折った田村の左の袖《そで》から白い包帯が覗いた。

「如何《いかが》なさいましたか」

孫六が訊くと、田村は悔しさと恥じらいを滲《にじ》ませ、手首を隠すようにした。

「ちと不覚を取りましてな」

「と申されると？」

木之内が訊いた。

他意はないのだろうが、詰問口調になっている。

「昨夜はご公儀のお招きを受けて祝いの酒を呑《の》んでおりました。息子の一之進の長崎留学が内定致しまして、それで……」

「それはおめでとうございます」

「念願でございましたので、肩の荷が下りました」

田村が嬉《うれ》しげな顔を孫六に向けた。

「時が惜しい。本題に入るとしよう」

木之内が苛立《いらだ》ちを滲ませ、やりとりを遮った。

その時、思い過ごしだろうか、田村がわずかながら安堵《あんど》の表情を浮かべた――孫六の目にはそう映った。

「昨夜、上野一丁目の質屋伊勢仁に押し込み強盗が入りました。もうおわかりですね」

木之内に見据えられると、すぐに観念したような表情に変わった。

「そのことでしたか」

田村は項垂《うなだ》れるようにして頭を下げた。

「ご事情はおありでしょうが」

田村の胸中を察しつつ言い添えた。

「私の刀のことですな。一之進の学費のために質入れ致しました」

田村は悪びれずに言った。

「私は、刀は武士の魂だと思っている」

木之内がきっぱりと言った。

それだけは言っておかねば——そんな目顔である。

「面目次第もござらぬ」

孫六が話を進めた。

「田村様、質屋を襲った盗賊は、覆面をした武士と町人の二人組でした」

田村の眉《まゆ》が再び動いた。

「賊が奪ったのは四口の刀と簪《かんざし》のみでした。刀の持ち主四人には話を訊《き》く必要があり、田村様にもこうしてご足労いただきました」

「承知した」

「田村様、御刀のことで、何か心当たりはございませんか」

「私の差料など、値の張るものではなく、心当たりなど何も……」

「刀を質入れしたことで身の回りで何か変わったことなどございませんか」

「変わったことというと？」

「たとえば、口止め料を強請《ゆす》られたとか」

「強請り？」

「刀の質入れの件を知った何者かが、人には黙っているからと金品を要求する、といったようなことです」

「いや、そのようなことは一切ありません」

田村はきっぱりと返した。

間を置かず、木之内が割って入った。

「お気を悪くされたら、ご勘弁ください。すべては事件解決のため。ほかの三人の預け主にも聞き取りを行います。ご足労いただき、すみませんでした」

田村は木之内と孫六をねぎらい、律儀に一礼して部屋を辞した。

「刀の預け主を調べても下手人の手掛かりは得られそうもないが、無駄足覚悟で、孫六、ひと通り当たってくれ」

「かしこまりました」

「その上で、手分けして二人の盗賊の足取りを追う。これから筆頭同心の有馬《ありま》様に事件を報告する」

「木之内様、あまり事を大きくなさらねえよう、どうかお慈悲を」

「田村さんの刀のことか」

「へい」

「そいつはちょいと難しいかも知れねえな」

盗まれたのがほぼ刀だけという事実があり、木之内が言うのも無理もなかった。

盗賊が二人組と聞いた時の田村の微《かす》かな眉の動き——それが、いつまでも孫六の脳裏を去らないでいた。

3

奉行所を出ると、孫六は三吉を連れて動いた。

伊勢仁に刀を質入れした、田村以外の三人の持ち主を訪ね歩いた。

恥を晒《さら》された気持ちと刀の質入れを後ろめたく思うゆえか、三人が三人とも、おどおどする反面、居丈高な対応を見せた。薬代などの暮らしの足しならまだしも、遊興で重ねた借金の返済のためという者もあり、三人はいずれも延滞の利子を納めておらず、質草が流れるのは時間の問題だった。悔し紛れに「目明かし風情が武士に対して無礼であろう」と毒づく者もいた。

そんな有様で、盗まれた刀の預け主から盗賊の手掛かりは得られないと判断、伊勢仁を襲った二人組の行方を追うことにした。

地道な聞き込みを続け、刀屋や骨董屋《こっとうや》をそれこそ根こそぎ当たってみたが、盗んだ刀を売りに来た不審な人物は一人もいなかった。ほとぼりが冷めてから売却するつもりかも知れないが、すでに奉行所から各店々に触れが回っており、時が経てば経つほど売却は難しくなるはずである。あるいは江戸以外のところで売り捌《さば》く魂胆かも知れないが。

丸二日間、それこそ足を棒にして歩き回ったが、手掛かりらしい手掛かりは何一つ得られなかった。

調べの土台は現場百遍、孫六は伊勢仁に戻り、下手人が逃げた方角に歩いてみた。湯島天神《ゆしまてんじん》に続く裏門坂《うらもんさか》通を行くと、とある辻《つじ》で天水桶《てんすいおけ》が目に入った。

その通りは天神男坂《てんじんおとこざか》という急坂の頂だった。

逃げている者は、どんなに暗くても人目を避けるようにして道を辿《たど》るものだ。

(もしかすると、この辻を折れたんじゃねえか)

孫六は辻を折れて、天水桶のある坂道をゆっくりと下った。

すると、天水桶の陰に五つくらいの女の子が屈《かが》んでいた。見ると、綺麗《きれい》な紙で鶴を折って遊んでいた。

「出来たわ」

女の子は出来上がった折鶴を飛ばす仕草をした。

「上手に折れたね。それと綺麗な紙だね」

「拾ったのよ」

「へえ。おじさんにも見せておくれよ」

「いいわよ」

孫六が腰を屈めると、女の子が折鶴を孫六の手のひらの上に置いた。

その紙は上等な菓子の包紙のようだ。

よく見ると、小さく「笹屋《ささや》」と屋号が刷られていた。

「この紙を拾ったのは、ここでかい？」

「うん、そうよ」

「おじょうちゃん、この折鶴、おじさんに譲ってくれないかな」

「譲ってって、どういうこと？」

「この折鶴をおじちゃんにおくれよ。その代わりにお駄賃を上げる」

「これ、おじちゃんにあげる。でも、お金はいらない」

女の子は困ったような顔で目を伏せた。

「どうしてだい？」

「だって、落ちていたお菓子、黙って食べちゃったんだもん」

子どもの正直な心根が微笑ましい。

「落ちてた物を食べるとお腹をこわすかも知れないので良くないけど、紙に包んであったんだろ？」

「うん」

「それじゃ大丈夫だ。これで何か買いな」

孫六は、女の子の手を取って四文銭を優しく握らせた。

折鶴をもらい受け、坂道をさらに下りながら、ふと、考えた。

盗賊が刀を盗んだ目当ては、刀の売却ではなく別の目的かも知れない、と。


黄昏《たそがれ》の八丁堀――

五年前まで住んでいた与力、同心の役宅が建ち並ぶ通りで、孫六は田村の帰りを待っていた。

人が近づくと、さり気なく背を向けて、人目を避けるようにした。古巣の町は懐かしいというより、あまりいい居心地ではなかった。

夕暮れの道をいくらか俯《うつむ》き加減で帰って来た田村が孫六に気づいた。

「もしや私に御用ですか」

「ちょいとお聞きしたいことがありまして」

「それはお待たせしたようですな。傷の治りが悪いので、別の医者に診てもらってきました」

田村は左腕に手を当てた。

「それはいけませんね」

「治りが遅いのは、ただ歳を取ったせいかも知れませんが、あははは。や、これは失礼。ご用件を伺いましょう」

「これに見覚えはございませんか」

袂《たもと》から、女の子からもらい受けた折鶴を取り出した。

「鶴に、ですか」

「いえ、鶴じゃなくて、その紙に」

田村は折鶴を受け取って眺める。

「いや、覚えはありませんな……」

「菓子の包紙なのですが」

「菓子の……」

「湯島の『笹屋』という菓子舗のものでして、笹屋で聞いたところ、頼まれて手土産用の菓子折を料亭の『菊川《きくかわ》』に届けたそうです。それは、質屋が襲われた晩のことでして」

「……………」

「事件のあった晩、田村様は祝いの酒を召し上がっていたと、仰《おつしや》っていました。その酒席は下谷茅町《したやかやちよう》の料亭菊川ではありませんか」

「その通りです」

「これをみつけたのは天神男坂です。天水桶の陰で女の子が鶴を折って遊んでいたんです」

「……………」

田村は目を逸《そ》らし、その顔を曇らせた。

「田村様はその左腕の怪我を、不覚を取ったと仰った。もしや、料亭からの帰り、天神男坂で、不審な二人組とばったり出会ったのではありませんか。手土産の菓子折を片手に……如何《いかが》ですか」

図星だった。

「隠し立てするつもりは毛頭なかったのだ」

田村は苦しげに言葉を吐き出した。

「木之内の旦那《だんな》の話が、質屋伊勢仁で発生した事件だとわかった時、田村様はほっとしたような表情をなさり、そのことでしたか、と質入れのことを認められた」

ひたと田村を見詰めると、田村が小さく頷《うなず》いた。

「左腕の怪我の経緯《いきさつ》に触れずに済んだと、安堵《あんど》したのは正直なところでした」

「二人組とはどのような成り行きだったのか、お聞かせくださいまし」

「お話し致そう。この通りで立ち話もなんですな」

田村は孫六を亀島橋《かめじまばし》の近くまで誘い、静かに語り始めた。

川風が思いの外に冷たく肌に突き刺さった。

「あの晩、私は一之進とともにご公儀の方からもてなしを受けておりました。前にも申し上げたが、一之進の長崎留学が内定したのです」

「さぞや旨《うま》い酒だったことでしょう」

「念願でしたからな。席を変える話が出たのだが、私は妻が待っているので一足先に失礼した。そして、言われるように天神男坂で不審な二人組と鉢合わせしたのです」

「…………」

「私よりも、角を曲がってきた二人組の方が狼狽《うろた》えてしまい、覆面をした武士がいきなり斬りつけてきたのです。咄嗟《とっさ》に身を躱《かわ》したつもりでしたが、刃《やいば》を避《よ》け切れず左腕を斬られ、持っていた土産の菓子折を落としました」

「深傷《ふかで》でなくてよかったですね」

「刀を抜き合わせることも出来なかった……」

「お腰の物のせいですね」

「竹光だった、確かにそれもあります。だが、そのことよりも、あの晩お誘いを受けたご公儀の方から、長崎留学が本決まりになるまでは揉《も》め事、不祥事の類《たぐい》には細心の注意を払うようにと強く言われていたからなのです」

孫六は黙って耳を傾けている。

「無論、あの二人組が質屋を襲ったなど、その時は知る由もありません。暗がりでもあり、武士は覆面をしていた。従って、二人の面体も覚えておらぬ……」

「無理もありません」

「しかし、木之内殿から質屋を襲った盗賊二人組の様子を聞いた時には、あの晩に二人組に遭遇したことは正直に申し上げるべきであった。また、奉行所の役人の端くれである以上、尽くすべき手は他にいくらでもあったように思う……」

田村は悔いを滲《にじ》ませた。

その田村が、ふと、何か思い出した顔になった。

「如何なさいましたか」

「今、思い出しました」

「お聞かせください」

「すてぞう……そうだ、あの時覆面の武士が町人に向かって、確かにそう呼び掛けた。すてぞう、先に行け、と」

「すてぞうに間違いありませんね……」

孫六が念を押すと、田村は力強く頷き返した。

4

事件から丸三日経った昼間のこと。

孫六が板場でお倫と一緒に晩の仕込みをしていると、表戸を叩《たた》く音がした。

「誰かしら」

お倫が戸口まで出て行って、戸の向こうに声を掛けた。

「お店は夕方しか開かないんですよ」

「孫六殿にお会いしたいのですが」

若い男の声がした。

「どなたですか？」

「田村喜兵衛の息子の一之進と申します」

孫六の耳にもそれが聞こえた。

「一之進様？」

もしや氷室作りの教示に来てくれたかと、にんまりした孫六は、前掛けで手を拭《ふ》きながら戸口に向かった。

戸を開けると、利発そうな若侍が立っていた。

「あっしが孫六ですが」

「お噂はかねがね耳にしております、田村一之進です……」

一之進は父に似た律儀さで今一度名乗った。

目の前の一之進の表情は硬く、用件は氷室のことではないようだ。

「むさ苦しいところですが、どうぞお掛けくださいまし」

待合の樽《たる》椅子を手《て》拭《ぬぐ》いで払って、一之進に勧めた。

「孫六殿は、かつて北町奉行所の定町廻《じょうまちまわ》り同心だったと、父から伺いました」

「何年も昔の話です」

「氷室をお作りになりたいそうですね」

一之進が柔和な表情で言った。

「お耳に入りましたか、突拍子もねえことを考えまして」

照れて思わず綻《ほころ》ばせた顔を、すぐに引き締めた。

「あっしにどんな御用ですか」

「父が謹慎処分を受けました」

「田村様が？」

孫六も樽椅子を引き寄せ、身を乗り出すようにして腰掛けた。

刀の質入れの件が木之内の胸の内に仕舞い切れなかったのだろうか。

気懸かりは、田村から打ち明けられた話だ。

すなわち、質屋が襲われた同じ晩に、田村が不審な二人組に遭遇し、刀も抜き合わせず手傷を負わされたが、それを隠したこと。さらに、捨蔵《すてぞう》という名を耳にしたのを失念していたことなどを、である。

武士にあるまじき振る舞い、士道不覚悟と言われればそれまでだが、それで謹慎という重い処分が下されるものだろうか。

「いったいどういうわけで？」

「一昨日《おととい》の晩、辻斬《つじぎ》りがありまして……」

「辻斬り？」

初耳である。

その事件に木之内が関わっていれば、当然、孫六のところに三吉が飛んでくるはずだ。だが、三吉は来ていない。どういうことだろうか。

「田村様が謹慎処分を受けたその訳をお聞かせくださいまし」

その辻斬りは、一昨日の晩、麴町《こうじまち》隼町《はやぶさちょう》にある稲荷《いなり》神社の境内で起きた。お百度を踏む若い娘が、物陰に潜んでいた何者かに、いきなり背後から斬りつけられたのである。現場から一丁ほど離れた草叢《くさむら》に、べっとりと血糊《ちのり》の付いた刀が、鞘《さや》と一緒に投げ捨てられているのがみつかった。

刀を発見した木之内は、もしやと勘がひらめき、質屋の伊勢仁に向かった。先日の二人組による押し込み強盗事件との関連を疑ったからである。

案の定、犯行に使われた刀は盗まれた四口の刀の一つであり、さらに田村喜兵衛が預けたものと判明した。決め手となったのは、刀身の寸法だった。田村の刀のみ、二尺一寸五分と他の刀より短かったからである。

木之内はその足で奉行所に引き返すと、直ちに田村を呼び付けた。

木之内にすれば、武士が刀を質入れするなどもってのほかだが、それはそれ、これまでは田村の名誉を慮《おもんぱか》り、事を荒立てずにおこうと考えていた。

だが、その刀が使われて辻斬り事件が起きたとなれば話は別である。

「包み隠さず申し上げる。田村さんがお預けになった刀を使って辻斬りが起きた」

田村は呆然《ぼうぜん》として言葉を失った。

田村が質入れした刀による辻斬りの一件は、奉行の榊原忠之《さかきばらただゆき》にも報告され、その上で田村には事件解決まで役宅にて無期限の謹慎が命じられた。

以上が、一之進の話だった。

「全く知りませんでした。木之内様はどうしてあっしに事件の報《しら》せをくれなかったのでしょうねえ」

孫六は小首を傾げた。

「辻斬りを知った父は、どこの誰が、そのような理不尽な酷《ひど》い目に遭ったのか、容態はどうなのかと、木之内様に縋《すが》るようにして繰り返し訊《たず》ねたそうです」

己の不名誉よりも、斬られた者の身を真剣に案じる——如何《いか》にも律儀で生真面目な田村らしい。

「定町廻り同心として幾多の事件を解決なされた孫六殿や木之内様と違い、お恥ずかしいことですが、父も私も、剣術はからっきし未熟です。刀は武士の魂、頭ではわかるのですが、魂とまで思っているかと申しますと、正直そこまでは……」

忌憚《きたん》なく語る一之進を、孫六は好ましく見詰めた。

泰平の世、もはや刀の時代ではない。すでに商人が金の力で台頭し、武士を押しのける勢いである。これからの世の中を動かすのは、金の力に加え、異国の新しい知識、文明と学問の力かも知れない。

「何年も前から私が蘭学を学びたい、長崎で和蘭陀《おらんだ》医学を学びたいと希望を伝えておりましたので、父は金策に無理を重ねていました。私が心配すると、父はいつも、お前は学問のこと、将来の夢だけを考えていればよい、とそのように……」

「…………」

「しかし、まさか刀まで質入れしていたとは、そして、父の刀で辻斬りなどが起きるとは、考えてもみませんでした。父を謹慎に追い込んだのは、すべて私のせいなのです」

一之進の痛恨の表情を目にして、孫六の胸も痛んだ。

「謹慎処分には甘んじて従いましたが、さすがに父は憔悴《しょうすい》しております。今後、お奉行並びに上役の方からどのような処置が下されるかわかりませんが、孫六殿、一日も早く質屋を襲った下手人を捕らえていただきたいのです。お願い申し上げます」

父の田村に似て律儀に頭を下げた。

奉行所から使いが来た。

用件は北町奉行の榊原主計頭忠之《さかきばらかずえのかみただゆき》からの呼び出しだった。

使いの者からの言伝《ことづて》に従い、向かったのは筋違御門《すじかいごもん》内で、枝振りのいい大きな松の木の下に身形《みなり》のいい深編笠《ふかあみがさ》の武士が立っていた。

「呼び出してすまぬ」

編笠の端に手をやり、笠を上げた。

優れた洞察力を感じさせる涼しげな瞳《ひとみ》の持ち主こそ、北町奉行の榊原忠之である。

「わざわざお運びいただきましてありがとうございます」

「辻斬りの一件は聞いておるな」

「へい。現場近くで血糊の付いた刀が見つかり、それが納戸掛の田村喜兵衛様のものだったことも聞いております」

「木之内が来たのか」

「いえ、田村様のご子息の一之進殿が訪ねて来られまして」

「やはり木之内は孫六に事件を知らせなかったのだな。木之内は今、ある町人の行方を追っている。質屋を襲った二人組の一人だ」

「捨蔵でございますね」

「それも聞いていたか、なれば話は早い。捨蔵は、かつてある事件で木之内が嫌疑不十分として解き放った男だそうだ。先輩同心の意見も聞き入れずにな」

「そんなことがございましたか」

「奉行所といえども、そこは人間の集う場所、よそと何も変わりはない。嫉妬《しっと》やっかみの坩堝《るつぼ》だ。木之内の躓《つまず》きをほくそ笑む者もいる」

　榊原は微苦笑を浮かべた。

「木之内は孫六に弱みを見せたくなくて報せなかったのだろう。立て続けに手柄を立て、肩で風を切って歩いていた木之内が初めて窮地に立たされている。何が何でもその捨蔵を己の手で捕まえる覚悟だろう」

「遅ればせながら、あっしも木之内様のお手伝いを」

「いや、孫六、そちには頼みたいことが別にある」

「は」

「一之進からあらましを聞いて、事件をどう思った」

「辻斬《つじぎ》りの下手人は、犯行に使った田村様の刀を近くに捨てております。わざわざ検挙に繋《つな》がるおそれがある証拠の品を、です。加えてその刀は質屋から盗み出した物。災難に遭ったお百度参りの娘は可哀相でなりません。ですが、辻斬りの狙いは、人を斬ることにはなく、田村様並びに田村様の近くの者に何か含むところがある、そんな風に思いました」

「わしもそう思う。従って、事件そのものは、いずれ、行き着くところへ行き着くことであろう」

榊原は一度言葉を切った。

「田村のこれまでの仕事ぶりは正直申してよく知らなかった。なので初めて田村と話をした。信念の男だな。それがよくわかった。ああいう人物は、誰が何と言おうと己の意志を貫き通す男だ。わしが何を申しても無駄であろう。田村はそういう男だ。だが、ああいう男も組織には大事なのだ。孫六に頼みたい。田村を死なせないでくれ。あの男を死なせてはならぬ」

「……へい」

「わしの話は、いや、わしからの頼みは以上だ」

言い置いて、榊原は静かに引き上げた。

5

同心の職を辞し、諸国を旅して、およそ五年ぶりに江戸に戻った青江真作が四文屋〈柚子〉を開いて暫《しばら》く経ったある日の夕刻のことだった。

店の前に深編笠の武士が立っていた。

外から帰った真作は訝《いぶか》りながら会釈をした。

「町人の身形が板に付いたようだな」

聞き憶《おぼ》えのある響きのいい声の主が笠を上げ、涼しげな瞳を向けた。

「榊原様、ご無沙汰《ぶさた》致しております」

真作は改めて丁重に挨拶《あいさつ》をした。

榊原は笠を取った。

「久しいの、青江。待ち兼ねたぞ」

心を包み込むような大らかな声と表情である。

「あの日のわしの言葉、憶えているか」

五年前、真作の妻の結衣《ゆい》は酔漢に人違いで刺され、命を落とした。結衣を刺して火《ひ》の見櫓《みやぐら》に立て籠《こ》もった男は、説得に来た実の母親と、人質にした幼い子の母親を殺害し、自らの命も絶った。

結衣も含めて四人の命が失われたことで、真作は己の無力に苛《さいな》まれた。

事件後、真作は職も家禄《かろく》も返上すると決意、筆頭与力笠井彩三郎《かさいあやさぶろう》に申し出た。

死んだ海津七郎太《かいづしちろうた》と同じく、所内の上役、同僚から非難の言葉を浴びせられた。

だが、榊原は真作が八丁堀の役宅を去る日、わざわざ出向いてきた。

「事件それ自体は解決できよう。それよりも事件などない世の中になるのが好ましい。愛《いと》しい者が理不尽に命を落とすことのない世の中にしたいのだ。そのためには事件を起こした者、事件に泣いた者の心やその背景をよくよく知り、後の事件に活《い》かすしかない。小さな石を一つ一つ積むにも似た根気の要る作業だ。積んでもすぐに崩される。横槍《よこやり》という槍ややっかみという紙礫《かみつぶて》でな。それでもわしは石を積む」

榊原は間を置いて続けた。

「そちの類稀《たぐいまれ》な十手術をこのまま埋もれさせるのはあまりに惜しい。だが、わしはそちの判断は尊重したい。青江、いつの日か、そちが江戸に戻る日を待っている。江戸に戻った暁には、そちの十手術を人の役に立たせてもらいたい」

静かに言い置いて、戻って行った。

真作は熱く語る榊原の熱意に打たれ、いつまでもその後ろ姿に頭を下げていた。

「あの日のお奉行のお言葉、片時たりとも忘れは致しませんでした」

「そうか。改めて言う。青江、五年前の返事を聞かせて欲しい。心が決まったら奉行所に来てくれ」

榊原は、五年前と同じように、言い置いてすぐに立ち去った。

数日後、真作は北町奉行所を訪れ、榊原と対面した。

着座するなり、榊原が口を開いた。

「よく参った。青江、わしとともに石を積んでくれるのだな」

「へい」

「青江、今日より岡っ引きとしてわしの片腕になってくれ」

榊原は床の間から掛袱紗《かけふくさ》の掛かった黒漆塗りの広蓋《ひろぶた》を持って来て、真作の前に置いた。掛袱紗には榊原家の家紋の源氏車《げんじぐるま》が染め抜かれている。

「おぬしに下げ渡す。開けて見るがよい」

真作は掛袱紗を取った。

広蓋の上には、十手と、四色の捕縄が置かれていた。

十手には紺色の房が付いていた。

「四色の捕縄は四神《しじん》を表す」

四神とは、東西南北の四方位を護《まも》る神、守護神のことで、東の方角を護るのは青《せい》龍《りゅう》、西は白虎《びゃっこ》、南は朱雀《すざく》、北は玄武《げんぶ》である。

四神の信仰は古代中国で誕生し、日本に伝えられた。

「青色の捕縄は東の青龍を表す、これは春に用いるがよい。赤は南の朱雀、これは夏に用い、白は西の白虎、これは秋に、北の玄武を表す黒は冬にそれぞれ用いるがよい」

榊原の思いがけない心尽くしに、真作は胸を熱くした。

「真作、これよりは、孫六と名乗るがよい」

八代将軍吉宗《よしむね》の命を受けて、三十を超す流派の十手術を体系化したのが三河吉田《みかわよしだ》藩士の亀井《かめい》孫六で、十手名人孫六と謳《うた》われた。

その体系は吉宗により〈江戸町方十手捕縄扱い様《よう》〉と認定された。

榊原は、その孫六の名を継承するよう命じたのである。

「房の紺色は江戸で唯一無二、十手名人二代目孫六に相応《ふさわ》しかろう」

「…………」

「江戸の人々の平穏な暮らしを守るために、孫六、力を貸してくれ。おぬしの秀でた十手術を世の中のために活かして欲しいのだ」

榊原は、その涼しげな瞳《ひとみ》に力を籠《こ》めた。

「精一杯、力を尽くすことを、ここにお誓い申し上げます」

己に言い聞かせるようにきっぱりと言った。

こうして二代目孫六は誕生した。

6

孫六は、八丁堀の田村喜兵衛の役宅を訪ねた。

憔悴《しょうすい》し切った様子の田村の妻が出迎えた。

通された部屋に、田村は静かに端座していた。

「これは孫六殿」

髭《ひげ》が伸び、髷《まげ》も崩れているが、向かいに坐《ざ》す孫六に向けられた眼差《まなざ》しは優しい。

「わしはお奉行のお裁きも世間の裁きも、何なりと潔く受け入れる覚悟だ。孫六殿とこうして言葉を交わせる時も、あと僅《わず》かしか残されていないであろう」

「田村様、そのようにご自分を追い詰めてはいけません」

「決して自分を追い詰めてなどおらぬ。当然の帰結に従うまでのこと」

泰然としている。

(重い使命を与えてくださったな、お奉行は……)

田村を見て、正直にそう思った。

榊原が信念の男と評した田村が覚悟した死。その覚悟を翻せと、榊原は孫六に命じたのだ。今更ながら、榊原の言葉の重みを痛感する孫六である。

田村は剣の腕前は人より劣ると口にしていた。だが、免許皆伝の武士とて、死を覚悟して、今の田村のようにどれほど泰然としていられるものだろうか。

真の武士とは――

考えさせられる孫六である。

「もしや、お奉行に何か言われて来てくださったのではないかな」

田村が笑みを向けた。

「いえ、事件解決のために、田村様のお話を伺って、一刻も早く下手人を捕まえたい、そう思っている次第です」

孫六は取り繕った。

「そうでしたか。いや、わしがあまりにも頑《かたく》なのでお奉行は呆《あき》れ果てられ、孫六殿を差し遣わされたのではあるまいかと思いました。邪推でしたか、ご無礼をお詫《わ》び申し上げる。孫六殿には事件解決まで苦労をお掛けする。しかし、事件については、先日、亀島橋の袂《たもと》でお話ししたのが私が知るすべてだ」

「……………」

「捨蔵という名前を、わしがもう少し早く思い出していれば、事件解決が早まったかも知れぬと思うと、申し訳ない気持ちでいっぱいだ」

「木之内様は捨蔵をよく知っているようなので、直《じか》にお縄になさるかと存じます」

すると、田村が居住まいを正すようにして、膝《ひざ》をにじった。

「来ていただいて真《まこと》に恐縮だが、孫六殿に頼みがある。聞いていただけぬか」

「どんなことですか」

「気懸かりが二つある。一つは無論、辻斬《つじぎ》りに遭ったお百度参りの娘のことだ。容態が重いと聞いている、大事に至らぬことを祈っている。一之進には足繁く通うよう頼んであるのだが」

斬られた娘が担ぎ込まれた診療所は四谷塩町《よつやしおちよう》にあるという。

「確かめて参りましょう。詳しいことがわかれば、すぐにお報《しら》せに上がります」

「よろしく頼む」

「もう一つは、一之進様のことですね」

すると、田村が打ち明けた。

「長崎留学は白紙にするとのご沙汰《さた》がご公儀からあった」

「何ですって」

「一連の事件とわしの武士としての不覚悟がその理由だ」

「…………」

「一之進は今、勉学が手に付いておらぬ。気落ちするのも無理からぬこと。それもこれも、すべて私のせいだ」

己を責める田村を、孫六は痛ましく見詰めた。

「一之進は、毎日、どこかに出掛けている。どうやら町方の真似事をしているようなのだ」

「町方の真似事？　お待ちくださいい田村様」

孫六は聞き咎《とが》めた。

「もしや一之進殿には、辻斬りの下手人、すなわち質屋から田村様の刀を盗み出した下手人に心当たりがある、そういうことですか。そしてそれは、一之進殿の長崎留学が白紙になったことと関わりがあるのですね？」

孫六の推測が図星のようで、田村が真顔を向けた。

「孫六殿、実はな……」

田村が重い口調で次のような話を打ち明けた。


一之進には、絹江《きぬえ》という将来を誓い合った娘がいる。似たような家格の御家人の子女である。その絹江に横恋慕をする旗本の冷や飯食いがいた。

細田謙乃介《ほそだけんのすけ》——小十人頭《こじゆうにんがしら》五百石、細田将監《しようげん》の次男坊。屋敷は六番町《ろくばんちよう》である。

絹江はしつこく言い寄る謙乃介に、あまりにも身分違いだからと、丁重に断り続けていた。ところが、絹江が一之進といい仲と知ると、嫉妬《しつと》心をたぎらせ、さらに執拗《しつよう》に絹江を口説くようになった。

一方、謙乃介には、一之進と競うほどの才覚と学識があった。今回の長崎留学も両名とも候補に名を連ねていた。だが、謙乃介は選から洩《も》れた。洩れた理由は素行の悪さだった。

数日前のこと。謙乃介が、昼日中の往来で、父の使いで外出していた絹江を力ずくで連れ去ろうとした。その場を目撃して叫び声を上げたのが、孫六の店で旗本の暴挙に怒りの声を上げげた駕籠かきたちで、そのお蔭《かげ》で犯行は未遂に終わり、そこに田村と一之進が通り合わせたのだった。

だが、それからというもの、それまで以上に一之進や絹江の家への謙乃介の嫌がらせの度合いが激しくなった。

「洟《はな》垂れ小僧がごとき程度の低い悪さをな」

話し終えた田村が呆れ果てたように重い息を吐いた。

「そんなことでございましたか」

一之進の栄達への嫉妬と、絹江への横恋慕――その行き着く先が、刀を奪い、辻斬りを行うとは。浅はかにも程がある。

「今頃、あの謙乃介という男は、一之進の長崎留学白紙を知ってほくそ笑んでいることだろう」

つまり、田村はこう考えている。

謙乃介が起こした一連の事件の動機は一之進と絹江への意趣返しだ、と。

謙乃介は何らかの理由で、田村が刀を質入れしたことを知った。その田村の刀を質屋から盗み出し、盗み出した刀で辻斬りを働いた。長崎留学の話が進む一之進の足を引っ張る、それが謙乃介の狙いだと。

「一之進が血気に逸《はや》るその前に、どうか下手人どもを捕らえ、裁きを与えてくだされ。一之進の明日《あした》が奪われぬよう、この通りだ」

田村が深々と頭を下げた。

息子が父を思い、父が息子を思う——孫六の胸の奥に熱いものが込み上げた。

入口の方で聞き覚えのある大きな声が響いた。

田村の妻が三吉だと教えに来た。

孫六は断りを入れて入口に向かった。

「木之内の旦那《だんな》が下手人をひっ捕らえました」

「そうか」

「それが、その」

「どうした」

「捕まえた一人は捨蔵ってケチな遊び人なんですが、もう一人の侍が、何とかって旗本の次男坊で、その侍を大番屋の仮牢《かりろう》に入れちまったもんで上を下への大騒ぎになってます！」

三吉が青白い顔で訴えた。

（細田謙乃介に違いない……）

孫六は三吉を従えて神田佐久間町《かんださくまちょう》の大番屋に駆けつけた。

大番屋は、九尺二間と定められた手狭な番屋（自身番）と異なり、お縄にした者を拘留することのできる取り調べ施設である。

腰高障子が開け放たれ、外まで飛び交う怒号が聞こえてくる。

「ごめんなすって」

孫六は人波を掻《か》き分けて中に入った。

狭い土間に筆頭与力と筆頭同心をはじめとする北町奉行所の役人が犇《ひしめ》いていた。

「おう、孫六、早いな」

木之内のみが、仮牢を背にして、板の間の縁に、でんと腰掛けていた。

そんな木之内を、筆頭与力と筆頭同心の有馬が、苦虫を噛《か》んだような顔で、きりきりと奥歯を噛み、睨《にら》みつけている。

怒鳴り合った余韻で、みな、顔面を紅潮させ、肩で息を吐いている。

仮牢の中には、忌々しげに横を向いて不貞腐《ふてくさ》れている身形《みなり》のいい武士と遊び人風の男がいた。

「とっ捕まえたぜ、下手人を。旗本の次男坊の細田謙乃介様と捨蔵だ。細田様はやっていねえと言うんだが、捨蔵がすべて吐いた。この野郎、いい格好して飲み屋や岡場所の女に盗んだ簪《かんざし》をくれていやがった。すぐに足が付くとわからねえのかよ」

木之内にせせら笑われて、捨蔵が口許《くちもと》をひん曲げる。

「木之内、話を逸《そ》らすでない。早々に細田殿をお解き放ち致せ」

「お断りします」

「命令だ」

「人の命を何とも思わねえ人非人を捕まえたんです。なんでわざわざ解き放たなきゃならねえんで」

そこへ、仮牢の中から謙乃介の怒声が飛んできた。

「町方は旗本に手が出せぬ。そんなことも知らぬのか、無礼者め！」

「静かにしやがれ、悪党！」

木之内は空の湯呑《ゆの》みを摑《つか》むと、振り返りざま、仮牢に向かって投げつけた。

湯呑みは牢の中の壁にぶつかって割れ、破片が飛び散った。

「木之内！」

与力がこめかみに青筋を立てた。

「せめて！」

木之内が声を張った。

「せめて、旗本家かお目付に解き放ちの正式な手続きを踏ませませんか。こっちからわざわざ悪党を逃してやることはねえ！　如何《いかが》ですか、筆頭与力殿」

「わしの命令が聞けぬと申すのだな」

「今、申し上げた通りです」

「なれば、お奉行にその方の配置換えを諮ろう」

「何だと」

「そこを空けよ」

よく透《とお》る声が響いた。

「お奉行」

誰かの声がして、奉行の榊原忠之が姿を見せた。

榊原は一同に向き直ると、凜《りん》とした声で言った。

「細田家御用人がご当主将監殿の名代として奉行所に参られた。正式に謙乃介殿の解き放ちの要請があり、わしはそれを受理した。直ちに謙乃介殿を解き放つがよい」

木之内は口惜《くや》しげに唇を噛んだ。

正式な手続きを踏ませるべきだと言った手前、榊原の命令には従わざるを得ない。

木之内は不服を噛み締めながら牢番《ろうばん》に目配《めくば》せをした。

牢番はすぐに仮牢の鍵《かぎ》を開けた。

牢を出た謙乃介は憎々しげに榊原らを眺め回すと、

「刀！」

と、声を張り上げ、手を差し出した。

牢番が大小を謙乃介に渡した。

「木之内、孫六、細田謙乃介殿を屋敷までお送り致せ」

榊原が命じた。

「その必要はない」

謙乃介が太々《ふてぶて》しく吠えた。

「いや、ご当主ご名代である御用人殿のたってのお申し出だ」

榊原はきっぱりと告げた。

「まるで吉原《よしわら》の付け馬だな」

木之内が小声で吐き捨てた。

孫六と木之内は謙乃介の一間ばかり後に従《つ》いて、六番町の細田家の屋敷の門前まで送り届けた。

謙乃介は、ずかずかと脇門まで寄り、手荒く戸を叩《たた》いた。

「俺だ、開けろ。早く開けぬか」

やがて、脇門が開くと、謙乃介が孫六と木之内を振り返った。

「両名ともご苦労」

その後で聞こえぬ声で何か言った。おそらく下劣な悪態でも吐いたのだろう。

謙乃介は、ふん、と小馬鹿にしたように鼻を鳴らし、毒づくような目で孫六と木之内を睨みつけると、荒々しく邸内に消えた。

怒りと虚《むな》しさを抱えて踵《きびす》を返そうとした時。

人の骨肉を断ち切る鈍い音と「うっ」という呻《うめ》き声がした。

異変を感じた孫六と木之内は脇門まで駆け戻ると、脇門の戸を押し開けて、屋敷の中に飛び込んだ。

白眼を剝《む》いて倒れている謙乃介の姿だった。夥《おびただ》しい鮮血が死体から流れ出て、白い玉砂利を染めている。

その傍で当主の細田将監が懐紙で刀身を拭《ぬぐ》っていた。

「何て真似を。どうして、きちんと裁きを受けさせねえんで」

孫六が静かな怒りをぶつけた。

「旗本のことは旗本で始末をする。町方風情の指図は受けぬわ」

将監が傲岸《ごうがん》に言ってのけ、血に濡《ぬ》れた懐紙を放った。

「謙乃介は本日俄《にわ》かに病死。三河以来の細田の家名に傷はつかぬ。安泰じゃ」

「家名が安泰だと？　そんなにまでして守るべき家柄か！」

木之内が声を張った。

「無礼者、言葉を慎め。あまり図に乗ると、貴様の身に何が起きても知らぬぞ」

「何だと」

「木之内様」

熱《いき》り立つ木之内を、孫六が身を挺《てい》して庇《かば》った。

「勝手に旗本の屋敷に足を踏み入れるとは無礼千万、早々に立ち去れ！　さもなくば、生きて帰さぬぞ！」

将監が凄《すご》むと、その声を聞きつけた羽織袴《はおりはかま》の家来が数人、駆けつけて鯉口に手を掛けた。

7

謙乃介の死は北町奉行の榊原忠之に報告された。

質屋襲撃の共犯者である捨蔵は、謙乃介の威嚇の恐怖に怯《おび》えながらも真実を打ち明け、事件解決に協力したとして、罪一等を減じ、八丈島《はちじょうじま》に流罪となった。

田村喜兵衛の謹慎が解かれる一方、旗本に縄目の恥をかかせたとの理由で、木之内一徹が当面の謹慎を命じられた。

だが、その実は、細田家の熱《ほとぼ》りが冷めるまで、逸早《いちはや》く榊原が先手を打ったものであり、配下である木之内を守るための配慮であった。

孫六は田村の役宅を訪れ、田村と一之進に、質屋伊勢仁の主人、仁兵衛と辻斬《つじぎ》りに遭った娘の回復を報告した。

報告を聞いた田村は、重態とされたお百度参りの娘の無事がよほど嬉《うれ》しかったのだろう、胸を詰まらせて絶句、身体全体で安堵《あんど》の息を吐いた。

田村は、一之進を跡番代として隠居する意思を語り、一之進もそれを了承した。

長崎留学は来る明日《あした》に期待し、当面は御役目に力を注ぐと、一之進は語った。

「如何ですか、湯屋にでも行かれては」

孫六が勧めると、

「私も同じように申したのですが……」

と、一之進が田村に微笑みかけた。

「いくらわしが洒落《しゃれ》っ気がなく無精者とは申せ、この髭《ひげ》と髷《まげ》で人前に出たくはない。先《ま》ずは、髪結いだ」

「それはごもっともだ。田村様、腕のいい髪結いを呼んで参りましょう」

孫六が髪結いを呼びに行く間に、田村は湯を沸かして行水をし、下帯を替えると言った。

半刻《はんとき》（約一時間）後――

孫六に連れられて、若い髪結いの吉次《きちじ》が来た。

吉次は、沸かした湯を使って丁寧に田村の髪を拭った。髪を乾かす間、髭をあたった。孫六から事情を聞いた吉次は、真新しい元結を用意し、卸し立ての鬢《びん》付け油を持参していた。

髪を結う間、田村は目を閉じて気持ちよさそうにしていた。

結い終えて、吉次が二つの手鏡で仕上がり具合を田村に見せると、田村は満足そうに頷《うなず》いた。

「お粗末さまでございました」

「田村様、あっしもこれで」

「孫六殿、この度は真《まこと》に世話になった。恩に着ます」

田村は膝《ひざ》に手を添え、律儀に頭を下げた。

「何を仰《おっしゃ》いますか、どうぞ手を上げておくんなさいまし」

一之進と田村の妻に見送られ、吉次とともに田村家を後にした。

「すまなかったな、いきなり頼んで」

孫六が足を止めた。

「どうなさいましたか」

目を落とすと、雪駄《せった》の鼻緒がふっつりと切れていた。

嫌な予感がした。

次の瞬間、踵を返し、足袋裸足《たびはだし》で駆け出していた。

孫六は断りもせず、足袋の泥も落とさず、田村の屋敷に駆け込んだ。

上がってすぐの部屋で談笑していた一之進と田村の妻が何事かと訝《いぶか》った。

「田村様は」

「昼寝がしたいと申すものですから」

妻の返事を仕舞いまで聞かず、孫六は田村の部屋に向かった。

襖《ふすま》を両手で開け放つも、田村の姿はなく、焦りつつ、隣の襖を開けた。

そこは小さな仏間で、仏前では今しも、田村が懐紙で巻いた脇差《わきざし》を腹に突き立てようとしていた。

「何をなさいますか！」

孫六は飛びつかんばかりの勢いで駆け寄り、田村を羽交い締めにした。

「武士の情けだ、手を、手を離してくだされ」

「いいや、離さねえ。死ぬことはありません」

少々手荒いが、脇差を摑《つか》んだ右の腕をねじり上げ、脇差を奪い取った。

「父上」

「あなた」

一之進と田村の妻も蒼《あお》い顔をして仏間に駆けつけ、その場に膝を折った。

「なにゆえ、なにゆえ死なせてはくださらぬのだ、孫六殿」

田村は強く目を閉じ、膝の上で両の拳《こぶし》を握り締め、体を震わせた。

「あっしはこの世の悪党を憎みます、罪を憎みます。悪事は断じて許しちゃならねえ、お預かりした十手に、そう誓っております。しかし、あっしは、百人の悪党を縛るよりも、一人の善人の命を救いてえ、守りてえ……そう思っております」

「………」

「それが、この孫六の十手魂でございます」

孫六は、脇差を田村の前に置かれた鞘《さや》に静かに納めた。

「孫六殿……」

一之進と田村の妻が田村の側に寄って、ただ黙って強く抱き締めた。

二人は田村の袖《そで》を揺すり、共に生きて行こうと訴えていた。

武士の矜持《きょうじ》は、家名を守るために息子を斬った大身の旗本よりも、孫六の目の前にいる三十俵二人扶持《ぶち》の同心のなかにこそ生きている——

改めてそう思う孫六だった。

第三話「ちぎれ雲」

1

仄暗《ほのぐら》い行燈《あんどん》が灯《とも》った部屋に座る一人の男の後ろ姿。

髪には白いものが交じっている。

襖が開くと、男が身を乗り出すように膝をにじる。

襖の向こうから目つきの鋭い細身の男が顔を覗《のぞ》かせた。男はここの主人で、敷居際に立ったまま、

「何だ、お前さんか。出直してくれないか」

と、冷ややかに見下した。

「一昨日《おととい》来た時、今夜なら話ができると言ったじゃないか」

「急用が出来たんだよ、これから大事な集まりがあるんだ」

「待ってくれ」

男は慌てて駆け寄り、主人の袖を掴んだ。

ぞっとするような濁った目で睨《にら》みつけられて、男は思わず袖を掴んだ手を離した。

主人が冷ややかに立ち去ろうとすると、男は慌てて前に回り込んだ。

「今日来れば話をすると言ったのは、あんたの方じゃないか。返してもらった金を持って今夜中に高崎《たかさき》に帰りたいんだ。だからこうして旅支度をしてきたんだ。さあ、預けた金を、私の金を返してくれ」

「お前さんから預かった金なんて無いよ」

主人に突き放されると、男は懐から掴み出した書付を突きつけた。

「こうして預かり金手形だってあるんだ」

主人が書付をふんだくって眺める。

「これはうちのじゃない」

「何を言っているんだ。看板は変えても、店の一切合切を引き継ぐ、それが条件だったじゃないか」

「知らないね。なに寝言を言っているんだ」

「何だって」

「そんな約定はない」

主人がいきなり書付を破り捨てた。

「何をするんだ」

摑み掛かろうとした時、熱い痛みが背中に走った。

「わあっ」

よろけながら振り向くと、刀を下げた浪人が立っていた。

斬られた男は力尽きて、廊下に倒れ込んだ。

浪人は倒れた男の袖で血糊《ちのり》を拭《ぬぐ》い、赤鞘に刀を納めた。

2

神田相生町《かんだあいおいちょう》にある四文屋《しもんや》〈柚子《ゆず》〉は今夜も賑《にぎ》わっている。

芋、焼き豆腐、するめ、くわい、蓮根《れんこん》、蒟蒻《こんにゃく》、牛蒡《ごぼう》、大根などを、醬油《しょうゆ》でシミシミに煮込んだものを何でも一皿四文で商っている。

明和《めいわ》五年（一七六八）に四文銭が鋳造されたことで、串団子《くしだんご》が一串四文、握り寿《ず》司《し》もてんぷらも一つ四文、冷や水も一杯四文と、価格の単位が四文になり、四文屋の繁盛の追い風となった。

「大変だ、大変だ、大変だ」

縄暖簾《なわのれん》を揺らして駆け込んできた三吉《さんきち》が、そのまま板場に飛び込んできた。

「三吉、いつも言ってるだろ、お客がいる時は黙って入って来いと。何事かと楽しい気分に水を差すじゃねえか」

孫六《まごろく》が小声で叱った。

「すみません」

「お倫《りん》さん」

「あいよ」

お倫が、店は任せておくれと、目で告げ、胸を叩《たた》いた。

孫六はすぐに自室に行って身支度をした。

白布を掛けた台には亡き妻、結衣《ゆい》の位牌《いはい》と紺色の房の十手が置かれている。

(結衣、行ってくるぜ……)

気息を整え、十手を腰に落とした。

孫六と三吉が向かったのは、神田堀《かんだぼり》の土手下の草叢《くさむら》だった。

赤々と提灯の明かりの波が揺れ、定町廻《じょうまちまわ》り同心の木之内一徹《きのうちいってつ》と検死医が亡骸《なきがら》の検死を終えていた。

亡骸は捕方が用意した戸板に乗せられ、筵《むしろ》を被《かぶ》せられていた。

孫六は腰を屈《かが》め、片膝《かたひざ》を突いて筵をめくった。

仏は五十絡みの旅装の男で、堀割から引き上げられたのだろう、全身ずぶ濡《ぬ》れである。

「背中からばっさりだ」

木之内が顎《あご》で指図をすると、三吉が仏をうつ伏せにした。

背中に大きく鋭い刀傷があり、水に洗われた血糊が全身を赤黒く染めている。

出《い》で立ちが旅装なのは、何か用事があって江戸《えど》に来たのか、あるいは江戸を発《た》とうとしていたのか。

「手形や路銀などの持ち物は一切身につけていねえ。行きずりの物盗《ものと》りかも知れねえな」

今も何人かの捕方が堀に入って、水底を浚《さら》っている。

「今のところ、殺害場所は特定できねえ。ここかも知れないが、別の場所で斬られて、ここまで運ばれて投げ込まれたとも考えられる」

「手形がねえのが気になりますね」

所持品が何もない場合、物盗りの仕業と考えるのが自然だ。しかし、手形まで始末するのは、下手人が仏の身許《みもと》をわからせたくないからで、顔見知りの犯行を視野に入れる必要がある。

「刀で一刀両断はこれで三件目ですね」

前の二件はそこそこの規模の商家の主人で、二人は両替商から預金を下ろし、それを何らかの金融に回していたらしい、そこまではわかっていた。

「ん？」

孫六の目が草叢に注がれた。

草の間に挟まれていた物を拾い上げる。

それは守袋で、飾りが付いていた。

「これは繭だな」

繭には星形の紋様が青色で描かれている。

「何だってお蚕様の繭を守袋なんかに……」

三吉が小首を傾げた。

「蚕と言えば絹。旦那《だんな》、この仏はもしや絹買《きぬかい》の商人《あきんど》じゃねえでしょうか」

「仏のものかどうかわからねえが、あたってくれ」

「明日《あした》、絹問屋をあたってみます」

孫六が店に戻ると、暖簾《のれん》を下ろした店の前にうずくまる黒い人影があった。

行き倒れのようだ。

「おい、しっかりしろ」

傍に片膝を突くと、男は旅装で無精髭《ぶしょうひげ》が伸びている。血の匂いはせず、ざっと見たところ、どこも怪我はしていないようだ。酒の匂いもしない。ただ、額も吐く息も火のように熱い。

「こいつはいけねえ。お倫さん、お倫さん」

呼び声が届いて、お倫が二階の窓から顔を覗《のぞ》かせた。

「どうしたんだい、孫さん」

「行き倒れだ、ひどい熱だ」

小部屋に蒲団《ふとん》を敷くようお倫に頼むと、そろっと男をおぶった。

よほど汗をかいているのだろう、背中にべっとりとした湿気が伝わった。

小部屋に上がり、お倫が敷いた蒲団に男を横にした。

「旅の途中で冷たい雨にでも打たれて風邪を引いたのだろうが、それにしても酷《ひど》い熱だ。すまねえが、着替えを手伝ってくれ」

孫六は隣の部屋に行って、押入れから古い着物を持ってくる。

汗でぐっしょり濡れた着物を脱がすと、お倫が手拭《てぬぐ》いで汗を拭《ふ》いてやり、着替えを手伝った。

帯を解くとき、男の懐から関所手形が滑り落ちた。

倉賀野《くらがの》在　新吉《しんきち》

と、読めた。

倉賀野宿は中山道《なかせんどう》六十九次のうちの江戸から数えて十二番目の宿場で、高崎宿の一つ手前である。日光例幣使《にっこうれいへいし》街道《かいどう》が分岐している。

男が懐に抱いていた薄い風呂敷《ふろしき》包みの上に関所手形を乗せて、枕辺に置いた。

お倫が桶《おけ》の水に手拭いをひたして絞り、男の額に当てた。

医者を呼びに走り、薬も飲ませることができたので、孫六も一山越えた安堵《あんど》の色を浮かべた。

男の息遣いは荒く、昏々《こんこん》と眠り続けた。

孫六とお倫は板の間の端に腰掛けて一息入れた。

「すまねえな、厄介かけて」

「何を言うんですよ、人助けじゃありませんか。孫さんの力を借りたい人がいつもこうしてやって来るのねえ」

お倫がしみじみと言った。

「嬉《うれ》しかったのよ、あの晩、孫さんから話があるって言われたのが」

それは奉行の榊原忠之《さかきばらただゆき》に会った日の晩のことで、まだ真作《しんさく》と名乗っていた。

「お倫さんに話しておきたいことがあるんだ、上がってくんな」

真作が奥の自室から呼んだので、お倫が怪訝《けげん》そうな目をした。

「あら、改まって何でしょう、失礼しますね」

お倫は目を伏せるようにして、二間の敷居際に膝《ひざ》を折った。

「それじゃ話が出来ねえ、もっとこっちへ来てくんなよ」

言われてお倫は奥の間に膝を折った。

お倫を奥のこの部屋に入れるのは初めてであり、お倫もそれを意識しているのだろう、伏し目がちで緊張した面持ちである。

「実はな、十手を預かったんだ」

真作は部屋の片隅に目を向けた。

その視線に誘われるように、お倫も目を移す。

白布の掛かった小さな台があり、その上に位牌《いはい》と紺色の房の十手が置かれていた。

「俺は、昔、北町《きたまち》の同心だったんだ。だが、二度と刀は握らねえと誓って武士を捨て、町人として生きる道を選んだ。それが死んだ女房へのせめてもの供養だと思ったからだ」

「亡くなった、奥さん……」

「俺には五年前に死んだ、いや、この俺が死なせてしまった女房がいたんだ」

お倫は、初めて聞く話に複雑な表情を浮かべている。

「お奉行の榊原様から力を貸してくれと頼まれた時、俺は迷った。しかし、榊原様はこう仰《おつしや》った」

「…………」

「愛《いと》しい者が理不尽に命を落とすことのない世の中にしたい、そのためには事件を起こした者、事件に泣いた者の心やその背景をよく知るしかない。それは小さな石を一つ一つ積む気の遠くなる作業だ。積んでもすぐに崩される。お奉行は、この俺に、一緒に石を積んでくれぬかと仰った……」

「ともに石を、積む……」

「熱く語る榊原様の熱意に俺は打たれた。岡っ引きとして十手を握る決意をしたんだ。死んだ女房には報告した。俺の勝手な思い込みだと思うんだが、やればいいって、女房の声が聞こえたんだ」

「いいお話ですね、そんな立派なお奉行様からの頼みならば、聞くしかないじゃありませんか。奥様だってきっとそう願っていますよ。真さん、ありがとう、こんな私によく話してくれたわね」

「事件が起きれば直ちに現場に向かわなきゃならねえ。お倫さんには、これまで以上に迷惑を掛けることになる」

「迷惑だなんて。わかりました、お店のことは万事任せてください」

お倫が胸を叩《たた》いた。

「恩に着るよ」

「これからは真作親分て呼べばいいんですか、それとも、真作の旦那かしら？」

「そのことなんだが、お奉行から言われて、これからは孫六と名乗ることになったんだ」

「あら、やっと真さんで馴染《なじ》んだところなのに。でも、どうして孫六なんですか？」

「いやあ、それはちょいと俺の口からは言いにくいや」

大いに照れるのを見て、お倫が小さく肩をすくめた。

「これからは孫六親分ですね。すぐ慣れるわ、ね、孫さん？」

「頼んだぜ」

3

二日後の朝。

荷車を引いて、孫六が仕入れから帰ると、お倫が明るい顔で出迎えた。

「孫さん、今さっき旅の人が気がつきましたよ。いくらか熱も引いて、お粥《かゆ》を炊いたら、少しだけ口をつけました」

「そいつはよかった」

「新吉さん、孫六さんよ」

お倫が小部屋に声を掛けた。

「二晩眠って元気になったようだな、何よりだ」

孫六が部屋に上がると、新吉が夜具の上に居住まいを正した。

「新吉と申します。大変お世話になりました。お蔭様《かげさま》で命拾いを致しました、ありがとうございました」

新吉は律儀に言い、深々と頭を下げた。

「お詫《わ》びがあります」

「詫び？」

「お医者様を呼んでいただいたようですが、ろくに銭も持たずに出て来たものですから、薬代の持ち合わせがありません」

「そんなことかい。詫びだなんて改まるから何だと思ったぜ。一日も早く体を治す、それがお前さんが今しなければならねえことだ」

「ありがとうございます。お金は働いて必ずお返し致しますので」

「着替えをさせる時に関所手形が目に入った。中山道の倉賀野宿から出て来たようだが、この江戸にはどんな用事があるんだ」

「はあ……」

新吉は視線を落として口籠《くちご》もった。

「いや、言いたくなければいいんだ。もし、誰かと約束でもあるんなら、お前さんが俺の店にいる、そう伝えるくれえのことは造作もねえ。だから、遠慮なく言ってくんなよ」

「お粥、もっと食べない？」

お倫が訊《き》いた。

「見ず知らずの者にこんなにも親切にしていただきまして……」

新吉は再び頭を下げた。

孫六は三吉とともに、昨日に引き続き、日本橋《にほんばし》を中心として絹問屋、生糸問屋に聞き込みを続けた。

三吉が前もって調べた地図を頼りに地道な聞き込みを続ける。

養蚕業は上州《じょうしゅう》と信州《しんしゅう》が著名だが、近くは秩父《ちちぶ》も盛んだ。それぞれの問屋は取引先に濃淡がある。神田堀で斬られた男がどこの在の者かわからないなか、〈繭飾りの付いた守袋を持つ五十絡みの男〉というだけでは、皆目手掛かりは得られなかった。

足を棒にして歩き回り、日も西に傾いた。

松下町《まつしたちょう》の鳥居《とりい》稲荷《いなり》の石段に腰を掛け、近くの楓川《かえでかわ》から吹く風を懐に入れて一息つき、人波を眺めていた時だった。

風に乗って煙草の匂いが流れてきた。

目を向けると、若いチンピラ風の男が、鳥居にもたれて煙管《キセル》を吹かしていた。待ち人来たらずなのか、「ちっ」と小さく舌打ちが聞こえ、煙管を叩いて灰を落とす音がした。男は懐から煙草入れを取り出して煙管を仕舞った。

日の端に何かが揺れるのが映じた。

揺れていたのは、男の煙草入れの根付で、それが繭を細工した物だったのだ。

孫六は思わず腰を浮かした。

「おい、その煙草入れはどうしたんだ」

「何だと」

咄嗟《とっさ》に粋《いき》がったものの、孫六の腰の十手を見るなり、脱兎《だっと》の如く逃げ出した。

「三吉」

三吉が俊足を飛ばすと、たちまち追いつき、男の首根っこを摑《つか》んだ。

「旦那《だんな》、見逃しておくんなせえ、ほんの出来心で」

「お前もたいがい慌て者《もん》だな。俺は聞きてえことがあっただけで、何もお前をお縄にしようってんじゃねえや」

「えっ？」

「しかし、お前は自分から盗んだと吐いた。見逃すわけにはいかねえだろ」

「そんな」

「その煙草入れをどこの誰から盗んだ、言え」

「憶《おぼ》えちゃいねえよ」

「それじゃ仕方がねえ、番屋に行って、ゆっくり思い出してもらおうか」

「ま、待ってくだせえ。します、案内しますから」

「端《はな》っから正直にそう言えばいいんだ」

「けど、案内した後はどうなるんで」

「情けねえ声を出すな。それはそこに行っての成り行き次第だ。それを渡しな」

男から煙草入れを取り上げると、懐から繭の守袋を取り出して見比べた。

繭に星形の紋様がよく似ている。

男が案内したのは大伝馬町《おおでんまちょう》の中規模の生糸問屋「奈村屋《なむらや》」だった。

「ここの店の誰かの物だと思うんだが、誰か心当たりはねえかな」

応対した手代に煙草入れを見せて訊いた。

「一番番頭さんだと思います」

手代がすぐに奥に引っ込むと、程なく一番番頭の宗七《そうしち》が姿を見せた。

煙草入れを一目見て、確かに自分の物だと宗七が言った。

「この男が拾ったんだ」

案内してきた男がほっとした顔を向けた。

「それはわざわざお届けいただきまして、ありがとうございました。少々お待ちくださいまし」

「番頭さん、気遣いには及ばねえよ」

腰を浮かしかけた宗七を呼び止めた。

「この男は親切心で届けたんだ。そうだな？」

「へへへ、さいで」

「落とし主がわかってよかったな。帰っていいぜ」

「ありがとうございます、親分」

男はぺこぺこして、嬉《うれ》しそうに駆け去った。

「番頭さん、ちょいとだけ話を聞きてえんだが」

孫六は宗七に勧められて腰を掛けた。

「珍しい根付だが、どこで買ったんだい」

「いいえ、これはうちのお客様から頂戴《ちょうだい》したのでございます」

「客？　その客というのはどこの誰だい」

「絹買衆《きぬかいしゅう》の佐吉《さきち》さんです」

足を棒にした甲斐《かい》があった。一つの繭から漸《よう》やく絹買の商人《あきんど》に結びついた。

「佐吉の在所はわかるかい」

「上州高崎宿です。佐吉さんがどうかしましたか」

宗七が怪訝《けげん》そうに訊いた。

「一昨夜、神田堀で旅支度の男が斬られてな。手形も何も身に着けていねえんで身許《もと》がわからず、奉行所も困っていたんだ。唯一の手掛かりが、仏の近くに落ちていたこの繭の飾りの付いた守袋だったんだ」

繭飾りの付いた守袋を見せる。

「星形の紋様が似ておりますね」

「これだけで仏が絹買衆の佐吉と決まったわけじゃねえが、いい話を聞かせてもらった、恩に着るぜ。無縁仏じゃ可哀相だ、仏だって一刻も早く身内の側に帰りてえだろう」

「親分さん、佐吉さんは事情がおありで、お独りです」

「そうなのかい」

あるいは家族に話を聞けば、佐吉の足取りが摑め、事件解決に繫《つな》がるのではないかと、心の内で期待していた。

「この江戸で親しくしていた者は誰かいたんだろうか」

「江戸に出て来た時は馬喰町《ばくろちょう》に定宿があるそうです。ほかには、江戸屋《えどや》の庄之助《しょうのすけ》さんが、同郷の幼馴染《おさななじ》みだと伺ったことがあります」

「江戸屋というと？」

「堀留町《ほりどめちょう》にあった飛脚問屋です」

宗七の言葉を、孫六は聞き咎《とが》めた。

「あった、とはどういうことだ」

「潰《つぶ》れたそうです、三年ほど前に。佐吉さんから伺いました」

思わず落胆を滲《にじ》ませた。

また、手掛かりが遠のいた気がしたからだ。

「何でもお客様から預かった大金を紛失したためだそうです。庄之助さんは店を同じ飛脚問屋の『萩田屋《はぎたや》』さんに引き渡して、江戸を出たと伺いました。今頃、どこでどうしていらっしゃるのか」

「萩田屋か……三吉、神田堀の仏の身許は上州高崎宿在の佐吉という男かも知れねえと、木之内の旦那に報《しら》せるんだ。俺はこれから萩田屋に行く」

生糸問屋の奈村屋を後にした孫六は堀留町の飛脚問屋萩田屋に向かった。

店は、富くじで有名な椙森《すぎのもり》神社に隣接しており、すぐにわかった。

中規模の店構えだが、角地に建っているのでよく目立ち、人の出入りも多く、賑《にぎ》わっている。

孫六は、江戸屋について話を訊《き》きたいと用件を伝え、主人の麻三《あさぞう》に面会を求めた。

麻三は人目を憚《はばか》り、孫六を奥の客間に通した。

「なぜ江戸屋についてお訊《たず》ねなのでございましょうか」

下座に着いた麻三が切り出した。

鋭い目つきに精一杯の作り笑いを浮かべている。

「先達《せんだつ》て、神田堀で旅の男が斬られた。仏が何も持っていねえんで、身許が割れず往生していたんだが、これのお蔭《かげ》でやっとわかったんだ」

孫六は繭飾りの守袋を取り出し、麻三の表情を窺《うかが》った。

「その事件と、親分さんのご用件に、何か関わりがあるのでございましょうか」

「ま、聞きねえ。仏は上州高崎宿在の絹買衆の佐吉、江戸屋の幼馴染みなんだ」

仏はまだ佐吉と決まっていないが、鎌を掛けた。

「佐吉という名に憶えはねえかな」

「さあて、よくある名前でございますからね……」

何やら空っ惚《とぼ》けた口調である。

「ところで、江戸屋が潰れた後に、お前のこの萩田屋が入ったそうだな。江戸屋が潰れたのは客から預かった大金を紛失したせいだと聞いたが、間違いねえか」

「その通りでございます」

「お前が日頃から江戸屋の主人庄之助とは親しくしていたという話はどこからも聞こえてこねえんだが、なぜ、江戸屋の跡を継ごうと思ったんだ」

「なぜと申されても、何よりもお客様のためでございます」

「ほう」

「預かった手紙が配達できずに沢山溜《た》まっておりました。それを速やかに配達して、お得意客を守ってやらねばと思った次第でございます」

「立派な考えじゃねえか。飛脚屋の鑑《かがみ》だな」

「えっへへへ」

麻三はうなじに手をやった。

「日頃から親しくしていたわけでもねぇ江戸屋に、紛失した金の立替まで申し出たそうじゃねぇか。それほどまでして、なぜ、江戸屋に手を差し伸べたんだ」

「強いて申せば、今のこの場所に店を出したかった、その気持ちが一番強かったのかも知れません。今になって、そう思います」

「傾いた店を引き継ぐなら何か得になることがあるはずだ。慈善事業じゃねぇんだろうから」

「私は飛脚の仕事が好きでございますので」

麻三の不快げな表情を窺いながら、孫六はこう結んだ。

「何事も疑って掛かるのが十手持ちの習い性だ。これもお上の御用だと思って、勘弁してくんな。精々、仕事に精を出すんだぜ。邪魔したな」

4

「何っ、新吉がいなくなった？」

「ちょっと目を離した隙に……」

小部屋を覗《のぞ》くと、蒲団《ふとん》と寝巻きがきちんと畳まれていて、風呂敷《ふろしき》包みと関所手形はなくなっていた。

(新吉はなぜ江戸に出て来たのか、どこに行ったのか……)

出て行ったからには、何かしらの目処《めど》、当てがあってのことに違いない。

新吉が眠りから覚めた時、新吉に、江戸に出て来た目的を訊いた。

すると新吉は口を濁した。だが、口を濁したことそれ自体が、新吉には何かしらの心づもりがある証左《しょうさ》と思えた。

その手掛かりは、あの風呂敷包みの中にあるのではないか——

気懸かりなのは、新吉が時折、手探りしているような、もどかしげで苦しげな表情を見せることだ。

(新吉は、もしかすると……)

孫六の思考をお倫の声が遮った。

「孫さん、新吉さんだよ」

小部屋から覗くと、土間に木之内と新吉がいた。

新吉は肩を落として、まるで木之内に連行される科人《とがにん》のようだ。

新吉は孫六を直視できず、目を逸《そ》らして俯《うつむ》いている。

「病み上がりなのに駄目じゃねえか」

土間に降りた孫六は優しく叱った。

「すみません」

新吉は消え入るような声で言い、頭を下げた。

「中で話を聞こう。旦那《だんな》、よろしければご一緒に」

新吉と木之内を小部屋に上げた。

お倫は土間で様子を見守っている。

「どこに行っていたんだ？」

孫六が改めて新吉に訊いた。

新吉が押し黙っているのを見かねて、木之内が口を開いた。

「この男が金茶の着物を着た手癖の悪い野郎に懐中の物を盗《と》られてな」

偶々《たまたま》通り合わせた木之内が盗んだ男を追った。

男は逃げるのに必死で、とうとう新吉から盗んだ物を投げ捨てた。

それは風呂敷包みで、投げ捨てられた弾みで、中の物が路上に散った。

木之内はそれを見て、男を追うのを断念した。

そんな経緯だった。

木之内が袂《たもと》から風呂敷包みを取り出した。

「中を見るがいい」

孫六は渡された風呂敷包みを広げた。

包みの中に仕舞ってあったのは紺地の半纏《はんてん》と、油紙に包まれた一通の手紙だった。

半纏を広げると、襟に「江戸屋」と白く染め抜いてある。

「江戸屋……」

裏返すと、丸に「江」の一文字が染め抜かれていて、一尺（約三〇センチメートル）を超す大きな引き裂きがあった。その引き裂きは釘《くぎ》や木の枝で出来たものとは異なり、鋭利な刃物によるものと見えた。引き裂きの周囲には、うっすらと黒ずんだ染みが広がっている。

「新吉、江戸屋に行って来たんだな」

孫六が訊くと、新吉がこくんと一つ頷《うなず》いた。

「道行く人に、江戸屋ならば堀留町にあると教わって……でも、堀留町に江戸屋はなく、看板が掛け替えられていて、萩田屋という店に変わっていました」

「おい、お前は、店がどこにあるかも知らねえくせに、なんで江戸屋の半纏を後生大事に持っているんだ、おかしいじゃねえか」

木之内に問い詰められて、新吉が悲しげに顔を歪《ゆが》ませた。

その表情があまりに苦しげなので、木之内が眉《まゆ》をひそめた。

孫六がとりなすようにして訊いた。

「新吉、お前、昔のことが思い出せねえんじゃねえのか？　それで苦しんでいるんじゃねえのかい？」

「…………！」

跳ね上がるようにして、新吉が顔を上げた。

木之内も怪訝《けげん》な目を孫六と新吉に注いでいる。

「そうなんだな」

孫六の問いかけには答えず、新吉は髪の毛を搔《か》き毟《むし》るようにした。

「新吉、俺でよければ力になるぜ」

「あたしもだよ」

お倫が土間で胸に手を当てた。

「こちらの木之内の旦那だってきっと力になってくれる。独りで悩むことはねえ。だから、余計な取り越し苦労はしねえことだ」

「孫さんの言う通りだよ。新吉さん、今はゆっくり養生しなさい」

お倫もいたわりを口にした。

「新吉、江戸屋で、いや、萩田屋でどんな話を聞いたんだ」

「江戸屋が潰《つぶ》れたのは、店の飛脚が、届ける金を持ち逃げしたからだそうです」

「誰かにそう聞いたんだな」

「金を持ち逃げしたのは、この俺かも知れません」

新吉は吐き出すように言い、頭を抱えた。

「新吉さんみたいな律儀な人が、お客さんから預かったお金を持ち逃げしたりするもんか」

お倫が少し怒ったような口調で言った。

「つまり、お前は、もしかして自分は飛脚だったんじゃねえか、そう思っているんだな」

痛ましげに新吉を見ていた木之内が話を変えた。

「孫六、その萩田屋の方はどうだった」

「特に親しいつきあいをしていなかった江戸屋を、なぜ萩田屋が跡を引き継いだのか、主人の麻三の話を聞いても、もう一つ腑《ふ》に落ちません」

「何かうまみがなきゃ、跡を継ぐはずはねえよな」

「あっしもそう思って訊《き》いたんですが、あの場所に店を出したかった、そのようなことを言っておりました」

「よし、江戸屋と萩田屋の間に何かなかったか、俺が調べる」

その時、何か思い出したように新吉が顔を上げた。

「どうした、新吉」

「店を出て暫《しばら》くして、赤鞘《あかさや》の浪人に呼び止められました。何も言わず、じっと俺の顔を見ていました。俺が、私に何か御用でしょうか、と訊いたら、黙ってそのまま向こうへ行ってしまいました」

孫六は木之内と顔を見合わせた。

ふと思い当たって、孫六が訊いた。

「新吉、手形はどうした」

「いいえ、ありません」

「手形は掏《す》られたまんまか……」

孫六は呟《つぶや》きながら思考を巡らせた。

「旦那、手形なんて銭に代えられるものじゃありません、掏摸《すり》には一文の価値もねえ。それじゃ、何でそれを捨てなかったのか。掏摸が見ず知らずの新吉の身許《みもと》を確かめるのも妙な話だ。とすれば、誰かに命じられたに違いありません」

「赤鞘の浪人も、様子がおかしい。まるで、自分の顔を憶《おぼ》えているかどうか、新吉を試したみてえだ」

「何かありますねえ」

(もしもその浪人と掏摸が萩田屋と関わりがあるとしたら……?)

「新吉、話したくないことは無理に話さなくてもいい。落ち着いて、ゆっくり、覚えている話を聞かせてくれないか……」

その晩、孫六が優しく新吉に語りかけた。

新吉も気持ちが落ち着いたと見えて、素直に話し始めた。

新吉によると——

繰り返し自分に向かって呼び掛ける声が聞こえた。うっすらとせせらぎの音が耳に忍び込んで、少しずつ意識が戻り始めると同時に全身の痛みを覚えた。

ゆっくりと重い瞼《まぶた》を開けた。

目の前に、心配そうに覗《のぞ》き込む二つの顔があった。

倒れていたのは川岸の草叢《くさむら》で、呼び掛けたのは、いつも川に水を汲《く》みに来る茶店の老爺《ろうや》と孫娘だった。

川に落ちて流されたようだが、幸いにも岸の杭《くい》に引っ掛かっているのを、老爺と孫娘がみつけて、岸に引き上げたのだった。そして、すぐに人を呼んで診療所に担ぎ込んでくれたお蔭《かげ》で、背中の酷《ひど》い怪我も手当てを受けることが出来た。

眠りから覚めた時、ふたりから色々と訊かれた。

だが、自分がどこの何者なのか、何も憶えていなかった。自分の名前ばかりか、どこから来て、どこに行こうとしていたのか、どうして川に落ちたのか、皆目憶えがなかったのである。

身に着けていたのは職人が着るような半纏に草鞋掛《わらじが》け、そして三度笠《さんどがさ》。

何を訊かれても答えられない自分を、老爺と娘が憐《あわ》れむように見ていた。

ここはどこだと訊いて、中山道の倉賀野宿だと教わった。

診療所を出た後は、老爺が営む茶店の納屋を寝所として貸してくれた。

娘が着ていた半纏を洗ってくれ、枕許に畳んで置いてくれた。

幾日経っても記憶は戻らず、そのうちに無理に思い出そうとするのはやめ、茶店の手伝いや日雇い人足をして暮らした。

名前がないのは不便だからと、老爺が新吉と名付けてくれた。

そうやって何事もないまま、三年近くの穏やかな歳月が流れた。

そして、一月《ひとつき》前のこと。

「壊れた飛脚箱がみつかったんです」

見つけたのは川下の村の腕白坊主たちで、子どもたちは岸の奥の繁みに打ち捨てられていた黒漆塗りの飛脚箱を村の名主に届けた。

名主は、もしや、と思うところがあり、茶店に来て、見つかった飛脚箱を新吉に見せた。新吉を助けた茶店の老爺から、行き倒れの者を納屋に寝泊りさせている、という届出が名主にあったからだった。

その壊れた飛脚箱には、剝《は》げかけていたが、辛うじて〈江戸屋〉という文字が読み取れた。

――そのような経緯だった。

「お前が持っている半纏《はんてん》にも江戸屋の文字が染められていたな」

孫六が指摘した。

「実は、ずっと前のことなのですが、こんなことがあったのです」

茶店で一休みした江戸の飛脚から「あんた、江戸の人だよね？」と聞かれた。

何も憶えていないので、曖昧《あいまい》に「いえ」と答えた。

「他人の空似か。お前さんによく似た同業者を江戸で見掛けたもんだから」

自分は飛脚だったのかも知れない——その時はぼんやりそう思ったが、江戸の飛脚とのやりとりは老爺にも孫娘にも話さなかった。

「江戸の飛脚の話と、突然見つかった壊れた飛脚箱とが結び付いて、自分は飛脚だったのではないか、そう思い直した、そういうことだな」

「はい」

「その飛脚箱には何も入っていなかったのか」

「油紙に包んだ手紙が、一通だけですが、ありました」

「それでわかった。律儀なお前のことだ、配達できないまま眠っていた一通の手紙が突然目の前に現れて、何か無性に気持ちが駆り立てられたんじゃねえのか。そして、江戸に行くことを思い立った……」

孫六が推測したように、急《せ》き立てられるように、新吉は江戸に向かった。命の恩人である茶店の老爺と孫娘にも黙って、飛脚箱の中にあった油紙に包んだ一通の手紙と、襟に江戸屋の文字のある半纏とを持って茶店を後にしたのだった。

「よく話してくれた、疲れただろう、もう寝《やす》もう。新吉、焦るな。そのうちきっと、忘れた昔を思い出す。焦らずに待とうぜ」

「でも、手紙のことは気懸かりです」

新吉は、枕辺に畳んで置いてある風呂敷《ふろしき》包みに目をやった。

「その手紙に何が書いてあるのか、それはわかりません。ですが、手紙には、頼んでくれた人の気持ちや伝えたいことが書かれています。なのに、それが相手に届いていないのです。もし、俺が本当に飛脚だったとしたら、辛《つら》いです……」

「一日も早く差出人に会って詫《わ》びたいというお前の気持ちは立派だ。だが、今しばらく待とう」

孫六はそう新吉を慰めた。

5

六十絡みの男が杖《つえ》を突き、ゆっくりとした足取りでこちらにやって来る。

「とっつぁん、すっかり元気になったようだな」

孫六が声を掛けると、えらが張り、赤銅色に日焼けした頑固そうな顔を向けた。

かつては腕利きの岡っ引きだった徳衛《とくえ》である。

「これは旦那《だんな》、お蔭さんで」

徳衛は中風を患い、一時は手足も動かせないほどだったが、今は引き摺《ず》るような足取りだが、何とか歩けるまでに回復した。

「何してたんだい、とっつぁん」

「何って当てもねえんだが、昔馴染《むかしなじ》みの小間物屋を覗いて参りました」

「そいつはいいや」

「いい目の保養ができましたよ」

徳衛は小間物の行商を生業《なりわい》としながら十手を預かっていたので、小間物の目利きに関しては誰にも引けを取らない。

「俺は無粋なもんで、小間物なんぞにはとんと暗いんだが、流行《はや》りの物でも目に付いたかい」

「流行りの物《も》んには、あっしだってとても従《つ》いちゃいけません。ただ、どこの店も困っていましたよ、江戸屋が潰《つぶ》れちまって」

徳衛の口から思いがけない話が飛び出した。

「どうして江戸屋が潰れて小間物屋が困っているんだい」

「江戸屋は珍しい小間物を仕入れて、それを手頃な価格で卸していたんでさ」

「とっつぁん、江戸屋は飛脚問屋だろ？　小間物を仕入れるというのはどういうことだい、俺にもわかるように、もう少し詳しく教えてくんな」

「すいません、歳を取ると、己ばっかりがわかったつもりで喋《しゃべ》るからいけねえ」

徳衛は苦笑いをした。

徳衛によると――

江戸屋の主人の庄之助は、生き馬の目を抜く江戸での競争の厳しい飛脚業にあって、どうすればいくらかでも売上を増やせるか腐心していた。金貸しの真似はしたくなかったが、幼馴染みの佐吉が助言し、投資もしてくれて始めた商いがあった。

それは、江戸の品を地方に送り、地方からはその土地の名産品を仕入れて江戸で販売するというもので、小さな成功と評判を得ていた。佐吉のほかの出資者にも、ささやかながら利子を支払うことが出来るまでになった。

飛脚が手ぶらで行き来せず、飛脚とは別の商いが出来るならば、一石二鳥、一挙両得というものだ。

つまり、江戸屋は、預かり金を元手とした小口の金融を行っていたのだ。

三百両もの大金を預かった江戸屋の飛脚が行方知れずになる事件の裏に、そんな事情があったとは――

二日後――

孫六は木之内に番屋に呼ばれた。

江戸屋について徳衛から聞いた話はすぐに木之内に伝えた。

すると、木之内の調べは極めて迅速だった。

三年前、三百両という大金を預かった江戸屋の飛脚が行方知れずになった直後、飛脚が金を持ち逃げしたという噂が流れた。紛失した金の補償に窮したところへ、真偽のほどはわからないが、品物がまがい物だとねじ込む者が相次いだ。江戸屋は倒産する――そんな噂が広がり、預かり金の取り付け騒ぎが起きた。

窮地に陥った江戸屋に救いの手を差し伸べたのが萩田屋だった。

紛失した金は萩田屋が肩代わりする。これまでの預かり金も萩田屋が保証し、利息も支払う――そうやって騒動を収めた。

それが、萩田屋が江戸屋の跡を継いだ経緯だった。

「あれから三年、萩田屋の評判は極めてよくねえ。阿漕《あこぎ》な金貸しより酷《ひど》いって声を山ほど聞いた」

「金貸しといいますと？」

「文字通り、そのまんまよ。両替商も金を預かる。大手の飛脚問屋も金を預かっている。萩田屋は率のいい利子を付けるという触れ込みで、かなりの金高の預かり金を集めたらしい」

「それを元手に金を貸し付けるんですね？」

徳衛から江戸屋の小間物商いの話を聞いたばかりなので、孫六にも金融について大まかな理解は出来た。

「それにしても、萩田屋がなぜ江戸屋の跡を継いだのか、どうしてもその訳がよくわかりません」

「嫉妬《しっと》よ」

木之内がさらっと言ってのけた。

萩田屋は大手飛脚問屋の「京屋《きょうや》」と「嶋屋《しまや》」の傘下に食い込みたかったのだが、見向きもされず、一方、江戸屋には色々といい話が舞い込んでいた。

萩田屋は、大手飛脚問屋の信頼を得る江戸屋に嫉妬していたというのだ。

「そんなことがあったんですね。これから萩田屋に行こうと思っておりましたので、いい話を聞かせていただきました」

萩田屋の評判が悪いのは貸金の取り立てが厳しいのだろうか。また、いい利子で預金を集めたというが、利子はきちんと支払われていたのだろうか。

もしや高崎在の絹買衆佐吉をはじめとして、不審な死を遂げた三人は、萩田屋に投資をしていて何らかの揉《も》め事に巻き込まれたのではないか——

「未解決の記録を調べていたら、江戸屋庄之助から行方知れずになった飛脚の捜索願が出ていた。飛脚の名は俊助《しゅんすけ》とあった」

「俊助……新吉の本当の名前ですね」

木之内はさらに馴染《なじ》みの口入屋から聞いた話を教えた。

庄之助は、店を畳むにあたり、江戸屋で働く者がこの先も安心して働けるよう店や仕事を斡旋《あっせん》して欲しいと、駆けずり回っていた。相談を受けた者は誰もが庄之助を立派だと褒め称《たた》え、協力を惜しまなかったという。

「三年前の事件を未解決箱に入れちまったのは、痛恨の極みだ」

木之内が悔しさを隠さなかった。

堀留町の萩田屋に行くと、主人の麻三が愛想よく孫六の応対をした。

「本業の飛脚業より金融の方が評判らしいじゃねえか」

「本業の方は競争が厳しいものでございますから」

「利子の支払いや預金の返済で揉めねえよう、よろしく頼むぜ」

「それはもう」

「浪人者が出入りしているのを見掛けたが、用心棒でも雇っているのかい」

「金融に手を染めてから、何やかんやと難癖を付けてくる者が後を絶ちません。手を焼いた時には、その、えっへへへ」

「そういうことかい。けど、乱暴はいけねえよ」

「気をつけます」

「一昨日《おととい》、倉賀野宿の新吉って男が来ただろう」

「はて、どうでございましたでしょうか」

麻三が惚《とぼ》けた。

「ちょいと事情があって、新吉は俺が預かっているんだ。ところが、ここに来た帰りに手形を掏《す》られちまって、すぐにも倉賀野に帰りてえのに往生しているんだ」

「それは困りましたな」

「こんなことも聞いた。この店を出た後で、赤鞘《あかさや》の浪人が新吉の前に立って、じろじろ新吉の顔を見たというんだ」

「はあ」

「浪人は新吉のことを知っている様子だが、新吉の方は浪人の顔にさっぱり見憶《みおぼ》えがねえもんだから、戸惑っていたぜ」

「他人の空似ということでございましょうか」

「ここの用心棒の中に、赤鞘の浪人はいねえんだな」

「はい、存じません」

「わかった、他をあたってみる。邪魔したな」

孫六は萩田屋を出ると、三吉に命じた。

「三吉、萩田屋を見張るんだ。様子のおかしい客を見たら大事が起きねえよう頼んだぜ」

6

翌日──

「新吉が出掛けた？」

「今さっき。江戸屋のご主人の使いの人が来たって。新吉さん、あたしが止める暇もなく飛び出して行っちまって、すみません」

「お倫さんが謝ることはねえよ。けど、そいつはおかしい」

庄之助の行方は奉行所でさえも、まだ摑《つか》めていないのだ。

孫六は新吉の行き先を見定めるより先に駆け出していた。

江戸屋の主人からの呼び出しと聞けば、新吉は一も二もなく応じたのだろう。是が非でも会いたいという気持ちが込み上げたに違いない。会えば昔を思い出すきっかけが摑めるかも知れない、そんな気持ちがあったのではないか。

道行く者に、二人連れの男を見なかったか聞きながら、新吉の行方を追った。

すると、明神通《みょうじんどお》りの向こうから、派手な金茶の着物を着た男がにやにや下卑た笑いを浮かべながらやって来た。

(確か、新吉の懐中を狙ったのが金茶の着物の男だった……)

「おい、新吉を見なかったか」

いきなり声を掛けられて、男が顔を強張《こわば》らせた。

「手前《てめ》ぇだな、新吉を呼び出したのは」

男は慌てて踵《きびす》を返して逃げ出すが、苦もなく追いつき、男を締め上げた。

「江戸屋の使いだと偽って新吉を呼び出しただろ。新吉はどこだ、どこに連れて行った、言え」

襟首を締め上げる手にさらに力を籠《こ》めると、男は苦しげに顔面を紅潮させた。

「い、言う、言う」

男は孫六の腕を叩《たた》いて、降参の合図を送った。

孫六が手を緩めると、堪《たま》らず男は咳《せ》き込んだ。

「神田明神裏だ……」

「誰に頼まれた」

「そいつは……」

「手前《てめ》ぇは前にも新吉の懐を狙い、手形を奪った。それも同じ人間に頼まれたに違いねえ。さあ、とっとと吐かねえか」

もう一度締め上げると、男は堪らず白状した。

「佐伯《さえき》の旦那《だんな》で……」

赤鞘の浪人かも知れない。

（新吉の命が危ねえ）

孫六は神田明神裏に急いだ。

神田明神裏には、裏の鳥居に続く幅二間（約三・六メートル）、高さ四丈（約一二メートル）余の石坂がある。

その石坂の麓《ふもと》まで来た時、境内から悲鳴や言い争う声が聞こえた。

（いけねえっ！）

石坂の上方に目を上げた時だった。

石坂の頂上に新吉の姿が見えたかと思うと、そのまま仰向《あおむ》けに落下した。

「新吉！」

直後、剣を手にした浪人の姿が見え、鞘は赤鞘だった。

眼下に孫六を認めたのか、浪人は急いでその姿を消した。

勢いよく転がり落ちる新吉の体を、孫六は全身で受け止めた。

しかし、急勾配《きゅうこうばい》の石坂を落下してくる人の重みの衝撃は想像を遥《はる》かに超えていて、さしもの孫六も新吉を受け止め切れず、そのまま尻餅《しりもち》を突いた。

「新吉、しっかりしろ！」

孫六はすぐに身を起こして新吉の体を揺すった。

幸いにも刀の切り傷はなく、気を失った新吉を背負って〈柚子〉に戻り、小部屋に横にした。

木之内が姿を見せた。

「新吉が浪人に襲われたそうだな。赤鞘の男か」

「へい。金茶の着物の男に誘い出されまして」

「いつか新吉から手形と風呂敷《ふろしき》包みを掏り取った野郎か」

「旦那、新吉の半纏《はんてん》の引き裂きですが、あれは釘《くぎ》や木の枝で出来たものではありません。それと、引き裂きの周囲には血の跡のような黒ずみもありました」

あくまでも仮の話だと前置きして、孫六の推量を述べた。

「新吉は江戸屋の飛脚で、上州高崎在の絹買衆佐吉から三百両の金を預かった。その金を届ける道中、辻《つじ》斬《ぎ》りに遭い、金を奪われ、川に落ちた。茶店を営む者に助けられて九死に一生を得たが、気がついた時には昔のことはすっかり忘れていた」

「その茶店があるのが、関所手形にあった中山道の倉賀野宿だな」

「ただ、江戸を発《た》った飛脚を、如何《いか》に人目を避ける意図とはいえ、なぜ倉賀野宿で襲ったのか……」

疑念や謎は尽きない。

「赤鞘の浪人と金茶の着物の男がつるんでいるのは間違いねえ。問題はその二人を裏で操っている奴だ」

木之内が引き上げると、入れ替わりにお倫が来て、新吉の枕辺に膝《ひざ》を折った。

「新吉さんを助けてくれた親切な人たちが倉賀野宿にいるのですね。きっと楽しく暮らしていたんでしょう。孫さん、忘れた昔を取り戻すことが、新吉さんにとって本当に幸せなのかしら。もし、倉賀野宿で幸せに暮らしていたのだとしたら、無理に昔を思い出さなくてもいいんじゃないかって……」

「新吉は三年前、ある日突然、それまでとは全く違う人生を歩かされる羽目になっちまったんだ。何でこんなことになったのか、自分はどんな暮らしをしていたんだろう……そう思い悩むのも無理はねえと思うよ」

「わかる、わかるんだけどさ……」

「お倫さんはこんな心配をしてるんじゃねえのかい？　記憶を取り戻すことで、もしかすると、嫌な過去、忌まわしい過去を知ることになるんじゃねえか、辛《つら》い出来事を突きつけられることもあるんじゃねえかって。違うかい？」

「…………」

「どんな過去だろうと、その過去も、その後の出来事もみんな引っくるめて、その人の人生だ。消えてしまった昔を知りてえと思うのは人情じゃねえのかな」

「そうかも知れないけどねえ」

お倫は尚《なお》、得心するまでには至らない様子だ。

「お倫さん、もしあの日に帰れたら、こうしてえ、ああも言いてえ、そんな風に思う昔はねえかい？」

「ええ、ありますとも、いっぱい」

「俺にもあるんだ……」

孫六は我知らず表情を硬くした。

過去を振り返る時、決して忘れられないのは、結衣を診療所に送り出した五年前のあの朝だ。もしも昔に帰れるなら、孫六が帰るのは、あの朝しかない。

「新吉は昔を思い出そうと足掻《あが》いている。それは、俺たちがあの日に帰りてえという気持ちと一緒なんじゃねえだろうか」

「あの日に帰りたい……」

「だとしたら、新吉の悩みは、俺たちの過去への思いと、そんなにかけ離れたことじゃねえと、俺はそう思うんだ」

「そうか、そうだねえ。孫さんの言う通りだね」

お倫が得心した表情で微笑みかけた。

次の日の夜明け前——

「うわーっ！」

新吉の大声で孫六は目を覚ました。

襖《ふすま》を開けると、寝床の新吉は夢を見ているのか目を閉じたまま喚《わめ》き声を上げ、やがて、がくんと、床に打ち付けられるように大きく体を揺らして、ぱちっと目を見開いた。

「どうした新吉、夢でも見たのか」

孫六は新吉の顔を覗《のぞ》き込んだ。

見開かれた新吉の双眸《そうぼう》は中空を彷徨《さまよ》っていて、孫六の顔はその瞳《ひとみ》に映っていないようだ。

「新吉、わかるか？　俺だ、孫六だ」

今度は優しく声を掛けて、その肩を揺すった。

ようやく目の前にいるのが孫六だと気づいた様子である。

「親分さん、怖い夢を見ました。浪人に斬られて真っ逆さまに……」

「神田明神裏の石坂を転げ落ちたんだ。大事がなくてよかったな」

すると、新吉は強く首を横に振った。

「違います、俺が落ちたのは川です。茶色く濁った流れの速い川です」

「何だと、新吉、お前……」

記憶を取り戻したのではないか。

新吉が跳ね起きた。

「あの男だ。俺を斬って三百両の入った飛脚箱を奪ったのは、赤い鞘《さや》の浪人です」

「思い出したんだな、新吉。昔をはっきりと思い出したんだな」

新吉は突然両手で顔を覆い、そのまま夜具に顔を埋《うず》めた。肩を震わせ、声を殺して泣き始めた。

「どうしたんだ新吉」

取り乱す新吉を見て、孫六は少し慌てた。

「俺じゃなかった、俺じゃなかったんだ……俺は金を持ち逃げしていなかった、よかった、よかった……」

孫六は胸を打たれた。

記憶を取り戻した新吉がまず口に出したのは、仕事についてだったからだ。

「俺は、俊助です。親から貰《もら》った名前は、俊助です。堀留町の飛脚問屋江戸屋で働く俊助です」

それは木之内が調べた通りである。

事件の経緯は、孫六が推理した通りだった。

「一つ教えてくれ。赤鞘の浪人は、なぜわざわざ倉賀野宿でお前を待ち伏せして三百両を奪ったのだ。江戸を出てすぐに襲えばいいものを」

「いえ、三百両は江戸から持って出たのではありません。上州高崎宿で佐吉さんから預かって、江戸に届けるはずだったのです。大金を懐に抱いて江戸に行くのが心配だからと、佐吉さんから江戸屋に依頼があったのです」

「悪者どもは予《あらかじ》めそれと知って、倉賀野宿で待ち伏せしたのか」

　また一つ謎が解けた。

　それにしても、ぽっかり空いた穴が埋まり、人生が繋《つな》がるのがこれほどまでに人を安心させるものなのかと、新吉を見ていて、孫六は改めて感じ入った。


「親分！」

　その日の夕方になって、三吉が〈柚子〉に駆け込んだ。

　三吉は胸の昂《たかぶ》りを抑えながら、次のような話をした。

　孫六に言われて見張っていた萩田屋のくぐり戸から、一人の男が出て来た。商人《あきんど》風の男の顔は蠟《ろう》のように白い。幽鬼のようにふらふらと夜道を行くその男の跡を、三吉はこっそり尾《つ》けた。

男は橋の欄干につかまってぼんやりと川の流れを見ていたが、そのうちに何かに憑《つ》かれたような目の色に変わり、欄干から身を乗り出した。

「死んで花実が咲くものか」

三吉は必死で駆け寄ると、男を背後から抱え、橋の上に引き摺《ず》り下ろした。

命を助けられた男は、萩田屋に託した預かり金の返金を求めたが、知らぬ存ぜぬを通され、追い返されたと、涙ながらに打ち明けた。

「三吉、よくやった」

佐吉を含めた三人も、身投げを図った男と同じように、預かり金の返還を求めた末に萩田屋麻三に殺されたに違いない。

「木之内の旦那《だんな》が突き止めました、赤鞘の浪人はやっぱり萩田屋の用心棒でした。名前は佐伯権十郎《ごんじゅうろう》、店の者が先生、先生と呼んでいたそうです」

「うむ」

「今夜、悪党どもが萩田屋の寮に集まるそうです」

「寮の場所は」

「向島須崎《むこうじますさき》です」

孫六は自室に戻って身支度をし、十手を腰に落とした。

「江戸屋を潰《つぶ》した悪党どもを捕まえに行くんですね。親分さん、俺も手伝わせてください」

新吉が身を乗り出した。

「市井の民に危ねえ橋を渡らせることなど、できるわけねえじゃねえか」

「大恩ある江戸屋の旦那様の仇《かたき》が取りたいんです」

「新吉、捕物は仇討ちじゃねえ。ここで待っているんだ」

取り縋《すが》る新吉の手を振り切って、孫六と三吉は店を飛び出した。

大川《おおかわ》の左岸の土手は墨堤《ぼくてい》と呼ばれ、江戸一番の桜の名所として賑《にぎ》わう。なかでも向島には、風流を好む文人墨客や大店《おおだな》の寮が建ち並んでいた。

その夜、その向島須崎にある萩田屋の寮の中庭に、こっそり忍び込む男がいた。

「誰だ、手前《てめ》ぇは」

濡《ぬ》れ縁を渡ってきた派手な金茶の着物の男にみつけられ、「あっ」と声を洩《も》らしたのは新吉だった。

「どうした」

障子が開いて、麻三が顔を出した。

「旦那、こいつですよ、例の倉賀野の飛脚は」

「お前、のこのこ何しに来たんだ。ここに江戸屋の庄之助なんかいないよ。何度言ったらわかるんだ」

「俺の手形を返してくれ」

新吉は懐から半纏《はんてん》を出して、ぱっと広げた。

襟に江戸屋の文字、裏返すと、背中がぱっくりと引き裂かれていた。

「旦那、佐伯の旦那」

麻三が部屋に向かって呼んだ。

「どうした」

佐伯権十郎が姿を見せ、新吉を見据えてから鼻で笑った。

「安心しろ、この男は何も憶《おぼ》えておらぬ。わしの顔を見てもきょとんとしていたのだ」

すると、新吉が佐伯を指差した。

「あんただ、倉賀野で俺を斬って飛脚箱から三百両を奪ったのは、あんただ！」

「何っ」

佐伯が顔を強張《こわば》らせた。

「先生、どうやら忘れていた昔を思い出しちまったようですよ。お前なんか斬っても一文の得にもならないが、死んでもらうよ。先生、やっておくんなさい」

足袋《たび》裸足《はだし》で庭に降り立った佐伯が赤鞘を払った。

「覚悟しろ」

佐伯が刀を上段に構えた時。

「それまでだ」

凜《りん》とした声が響いて、孫六がその姿を現した。

「お前は孫六」

麻三が憎々しげに口許《くちもと》をひん曲げた。

「すべて聞いたぜ。とうとう尻尾《しっぽ》を出しやがったな。萩田屋麻三、佐伯権十郎。神妙にお縄を頂戴《ちょうだい》しろい。新吉、危ねえ目に遭わせてすまなかったな」

どうしても力になりたいと訴える新吉の強い思いに折れて、一芝居打ってもらったのだ。

「三吉」

三吉が新吉を守って、その場から立ち去った。

「野郎ども、そいつを生きて帰すんじゃねえぞ。やっちまえ！」

麻三が吠《ほ》えた。

孫六は十手を持つ右手と左手を胸の前で交差させた。

破邪顕正《はじやけんしよう》の〈邪〉の構えである。

孫六は巧みに逆十手に持ち替えた。

「死ねっ」

突きかかる男の刃《やいば》を受け止め、左手を右手首に添えた。間を置かず十手を右に巻いて刃を払い落とすや、体を開いてその腹を蹴《け》り上げた。

肩をめがけて切りかかる刃を十手を当てて受け流すと、回り込んで相手の手首を強打した。

突きかかる金茶の男の刃を躱《かわ》しながら匕首《あいくち》を叩《たた》き落とすと、十手を相手の左腕の関節に当てながら転がした。

三人をぶちのめし、麻三を眠らせた。

残るは佐伯一人、孫六は十手を持ち替え、青眼に構えた。

「孫六、いくぞ」

佐伯の白刃が正面から振り下ろされた。

それを上段で受け止め、跳ね上げた。

十手術の基本は接近戦だ。如何《いか》に相手の懐深く飛び込むか、孫六は慎重に間合いをはかった。

佐伯が袈裟《けさ》懸けに斬りかかり、躱せば、脚を狙って低く払う。さらに躱すと、再び上段から振り下ろした。

孫六は低く身を屈《かが》めながら、佐伯の足を払うと、もんどり打って転がった。素早く駆け寄り、その右手首を強打、手放した刀を足で遠ざけた。這《は》いつくばって逃げる佐伯を背後から蹴り上げ、恐怖が貼りついた佐伯の脳天に十手を見舞った。


悪党一味を捕らえた北町奉行所は、萩田屋から取引台帳や貸付帳簿、裏帳簿の類《たぐい》を押収した。その中には、不審な死を遂げた佐吉をはじめとする三人の名前と預かり金の金高が記された動かぬ証拠の帳簿があった。

吟味の末、萩田屋麻三と共謀して、佐伯が倉賀野宿で新吉を襲い、三百両を強奪した三年前の一件を含め、他の三件についても萩田屋の犯行と断定した。

速やかにお裁きが下され、萩田屋は闕所《けっしょ》の上、佐伯ともども死罪、一味の者は島流しに処せられた。

7

吉報が届いた。

奉行所が江戸屋庄之助の居場所を突き止め、その消息が判明したのである。

庄之助は、江戸郊外、上練馬村《かみねりまむら》に逼塞《ひっそく》していた。

その日、北町奉行榊原忠之から呼び出しを受けて、上練馬村から庄之助が北町奉行所に出頭すると聞いて、孫六も奉行所に向かった。

榊原の用件は江戸屋再興の話だった。

榊原直々に話を聞いたあとで、庄之助は孫六とともに奉行所近くの番屋で待った。

「ここだここだ」

腰高障子に人影が映った。

中で待つ庄之助の目が入口に注がれた。

腰高障子が開いて、三吉がにこやかな顔を覗《のぞ》かせた。

「何してるんだ、さっさと入らねえか」

三吉が後ろにいる男を急《せ》かした。

そろりと入ってきたのは新吉だった。

それとわかり、庄之助が感無量の面持ちで腰を上げた。

新吉もまた庄之助とわかるや、いきなりその場に土下座をして、額を土間に擦《こす》りつけた。

「旦那《だんな》様、申し訳ありませんでした」

「どうしてお前が謝るんだい、謝ることなんて何もないじゃないか」

庄之助は慌てた様子で新吉の傍に両膝《りょうひざ》を突いた。

「私がお金を運べなかったためにお店が潰《つぶ》れてしまって」

「だからそれはお前のせいじゃないでしょう」

庄之助が新吉の震える肩に優しく手を置くと、堰《せき》を切ったように新吉の目から大粒の涙が溢《あふ》れ、こぼれ落ちた。

「俊助や、お前が大変な目に遭ったことはこちらの孫六親分から伺ったよ。辛《つら》い思いをしたねえ」

庄之助は本名で優しく呼びかけた。

孫六がこう教えた。

「事件が起きた当初、奉行所は新吉に疑いを掛けた。お前が金を持ち逃げしたんじゃねえかとな。だが、庄之助さんは役人にきっぱりとこう言ったそうだ。お客様のお金を持ち逃げするような不届きな者は、うちの店には一人もいねえってな」

「旦那様……」

「庄之助さんが奉行所に届けたのは、紛失した三百両の金子《きんす》よりも、金を運ぶ新吉の無事を何よりも願ってのことだったんだ」

庄之助の、店の者を信じる気持ちを知った感激で、新吉の涙は溢れ続けた。

「俊助、いい報《しら》せだよ。孫六親分のお力添えで、お奉行様から江戸屋再興のお話をいただいたんだ」

お上のお慈悲で江戸屋を再興して欲しい——孫六の願いが、奉行の榊原忠之によって叶《かな》えられたのである。

「江戸屋がまたお店を始めるんですか」

「そうだよ」

「それはよろしゅうございました」

新吉の涙は嬉《うれ》し涙に変わった。

「旦那様、三年前に配達できなかった一通の手紙を、やっと届けることができました」

「聞かせておくれ、その話を」

　誰かに代筆してもらったのだろう、その表書は綺麗《きれい》な字で「常陸国狐塚《ひたちのくにきつねづか》村　長《ちょう》兵衛《べえ》さま」となっている。裏書は拙《つたな》い仮名で〈ちょうさく〉とあった。裏書くらいは自分で書く方がいいと勧められたのだろう。

　表書と裏書だけではどこの誰ともわからない。良くないこととは思ったが、新吉は手紙を開けた。そして、文の初めの方を読んで、差出人の〈ちょうさく〉が小網《こあみ》町《ちょう》の賀茂屋《かもや》という線香問屋で働いていることがわかった。

　新吉はすぐに賀茂屋に向かった。

　賀茂屋は中規模の店で、店の裏木戸から入ると、若い丁稚《でっち》が番頭や先輩から叱られていた。それが長作だった。そんな時だったので恥ずかしいのか、新吉の訪問さえ迷惑そうにしていて、話もうるさげに聞いていた。

　しかし、新吉が三年前に記憶を失くし、つい最近、昔を思い出したことを打ち明け、さらに、三年前に預かった手紙を配達できなかったことを詫《わ》びに来たと知って、長作は驚きを浮かべた。

　油紙に包まれた手紙を渡されても、裏書の自分の書いた字を見ても尚《なお》、長作は信じられない面持ちである。

長作は恐る恐る手紙を広げるが、すぐに、くしゃくしゃに丸めて胸に抱いた。

「よかった……届かなくて……」

蚊の鳴くような声で長作が呟《つぶや》いたので、今度は新吉が訝《いぶか》る番だった。

「どういうことですか、届かなくてよかっただなんて」

長作が打ち明けた。

手紙は田舎の父母妹弟《きょうだい》に宛てたもので、そこには、嘘で固めた良いことばかりを書き連ねてあるのだ、と。

「返してくれて、ありがとうございます」

この二、三年悪いことばかりが続いて、仕事に身が入らず、すっかりグレていた。もし、この手紙が故郷の父母に届いていたらと思うと、背筋が寒くなる。この手紙を御守にして今日から出直す、一生懸命働いて、いつになるかわからないが、この手紙に書いた嘘が一つでも本当になるように頑張る——長作は自分に言い聞かせるように訥々《とつとつ》と語った。

「そんなことでした」

話し終えた新吉の顔は紅潮していた。

きっと、長作の言葉を聞いた時の胸の熱さを思い起こしたのだろう。

庄之助がそっと目許《めもと》を拭《ぬぐ》った。

孫六の胸もぽかぽかしていた。

「お前が、飛脚の大切な心を忘れない人だということが、よおくわかりました。私はとっても嬉しい、お前のような店員がいたことが誇らしい」

新吉は初めて雲が晴れたような明るい笑顔を孫六に向けた。

「飛脚とはいい仕事だな、新吉。人と人の心を結び、橋渡しをする大事な仕事なんだな」

「親分さんの仰《おつしや》る通りです」

庄之助が大きく頷《うなず》いた。

「私は悔いています。いくら幼馴染《おさななじ》みの佐吉さんの力添えだったとしても、余計なことに手を伸ばしたばかりに、大切な人を失くし、多くの人を苦しめてしまった。飛脚屋は手紙を運ぶのが務め、それに徹すればよかったんです」

庄之助はしばし瞑目《めいもく》した。

命を落とした絹買商人であり幼馴染みの佐吉を悼んでいるのだろうか。

庄之助が穏やかな目顔を新吉に向けた。

「お前、倉賀野に帰るんだって？　それも俊助ではなく新吉として」

「はい、そう決めました」

新吉は孫六に目を向けてから、続けた。

「たくさん迷いました、眠れないほど。でも、やっと、俺の帰る場所がわかったんです」

「それが倉賀野宿だったんだね」

庄之助が優しい目を向けた。

「はい、私の大切な人たちが待ってくれています」

帰る場所は倉賀野宿だ——そう思えたからこそ、まるで憑《つ》き物が落ちたような爽《さわ》やかな顔になったのだろう。

「茶店を手伝うのかい」

「そう思ったのですが、向こうでまた飛脚をやります」

「飛脚を……」

「そいつはいいや」

孫六が顔を綻《ほころ》ばせた。

「新吉の気持ちを聞けば茶店の人たちもきっと応援してくれる。この俺も江戸から応援しているぜ。俺ばかりじゃねえ、お倫も、木之内の旦那《だんな》もな」

「この三吉様もだよ」

「いつかの日か江戸に手紙を届けることもあるだろう。その時は〈柚子〉に顔を出してくんなよ」

「私のところにもな」

庄之助が笑みを向けた。

「はい、きっと、きっと参ります。旦那様、お会いできて嬉しかったです。どうぞいつまでもお達者で」

「ありがとうよ、お前もな」

新吉は満面の笑みで頷いた。


新吉は、孫六とお倫、三吉に見送られ、倉賀野宿に向けて旅立った。

一仕事を終えた孫六とお倫は、ぼんやりと雲を眺めていた。

「よかったですね、江戸屋さん。またお店ができるようになって」

「闕所《けっしょ》となった萩田屋から没収した財産の一部が庄之助さんに返却されるそうだ」

「また、飛脚屋をやるのね」

「心の籠《こ》もった手紙を、心を籠めて配達するあったけえ飛脚屋をな」

ぽっかり浮かんだ白い雲がゆっくりと二つにちぎれた。

わかれた雲が北に向かって流れていく。もう一つの雲を置き去りにして。

「あの雲、倉賀野に向かって飛んでいるのかしら。新吉さんみたいに」

「倉賀野の人たちも、新吉の帰りを待っている」

「ちぎれた雲は私たちみたい。淋《さび》しいのは残された方なのね、損だわ」

「あの雲が倉賀野の空に浮かぶのは、茜色《あかねいろ》に染まる頃かな」

孫六は清々《すがすが》しい気持ちでいつまでも空を見上げていた。

第四話「猫とご隠居と月踊り」

1

旅人宿が建ち並ぶ馬喰町《ばくろちょう》の往来を、孫六《まごろく》と三吉《さんきち》が談笑しながらやって来る。飲食を商う仲間の集まりを終えた帰り道で三吉とばったり会い、水茶屋にでも寄って行くかと話していたところだった。

「待ちやがれ！」

男の怒声が聞こえたかと思うと、この先の横丁から若い娘が勢いよく飛び出し、こちらに向かって駆けてきた。

紅緋《べにひ》に黒の格子縞《こうしじま》、裾《すそ》の丈が短く、飛脚か魚屋を思わせるお俠《きゃん》な出《い》で立ちだ。

「あっ」

娘が足を止めた。

往来の真ん中に、どこから迷い込んだのか、黒縞の仔猫《こねこ》が一匹、「にゃー」と鳴いていたからだ。

そこへ、車輪の轟音《ごうおん》を鳴り響かせて、一輛《いちりょう》の大八車が疾走してきた。

娘がいきなり往来に飛び出した。

「どけ、馬鹿野郎！」

大八車は勢いを抑えようともせず、そのまま猛然と突っ込んできた。

「危ねえ」

思わず孫六も声に出した。

だが、間一髪、娘は車に轢《ひ》かれそうな仔猫を拾い上げた。

再び駆け出した娘は、すれ違いざま、ひょいと孫六の胸のあたりに向かって仔猫を投げ、そのまま逃げて行った。

仔猫を渡される瞬間、娘から、ふんわりといい香りがした。

逃げる娘が若い男とぶつかりそうになった。

「気をつけろ」

「そっちこそ気をつけな」

娘は負けずに言い返した。

「三吉、あっちの男を追え」

孫六は、娘とぶつかりそうになった男を目で教えた。

「合点だ」

三吉が人波に消えかかる若い男を追った。

一方、娘の方は、前から来た二人の男に行手を阻まれ、追いついた男と合わせ、三人の男に取り囲まれた。娘は観念したのか、足を止め、腕組みをして居直った。

「このアマ、世話焼かせやがって」

追って来た男が娘の襟首を絞め上げた。

と、思いきや、次の瞬間、男の体が横転し、乾いた土煙りが上がった。

通行人から歓声が上がり、拍手まで起きた。

娘は男たちに向かって、あっかんベーをして逃げようとするが、がしっと、その腕を摑《つか》まれた。

「またお前か、朱実《あけみ》」

娘を捕まえたのは定町廻《じょうまちまわ》り同心の木之内《きのうち》一徹《いってつ》だった。

「旦那《だんな》、お手数をお掛けいたしました」

投げられた男が木之内にぺこぺこした。

「あたしが何をしたって言うんだい」

朱実は尚《なお》も居直る。

「手前《てめ》ぇ、兄貴の財布を掏《す》っただろうが」

「知らないね。何か証《あかし》でもあるのかい」

「身ぐるみ剝《は》いでみりゃわかることだ」

「やってもらおうじゃないか。憚《はばか》りながら仙女香《せんじょこう》の朱実といやぁ、この界隈《かいわい》じゃ少しは知られた女だ。ふわっといい香りがしたと思った時には、懐中の物はこっちの物というわけさ。もし、何も出てこなかったら、ただじゃ済まないよ」

仙女香というのは、南伝馬町《みなみでんまちょう》の坂本屋《さかもとや》が売り出した白粉《おしろい》で、色を白くしてきめを細かくするとの宣伝文句で江戸の女たちの間で大変な人気を博していた。

「しゃらくせえこと抜かしやがって」

朱実はあっという間に三人の男たちから身ぐるみ剝がされた。

着物の下は胸に晒《さら》しを巻き、魚河岸《うおがし》の男みたいに白い猿股《さるまた》を穿《は》いていた。

丸みを帯びた娘らしい体つき、白い素肌に赤みが射し、うっすらと汗も滲《にじ》んで、爽《さわ》やかな色気を振りまいている。

首に掛けた守袋からいい香りがしている。

「財布なんてどこにあるのさ。さあさあ、どう落とし前を付けてくれるんだい」

朱実はその場にどかりと胡座《あぐら》をかくと、腕組みをして大見得を切った。

男たちは振り上げた拳《こぶし》が下ろせず、忌々しげに唇を噛《か》んでいる。

その朱実の肩を何かがぴたぴたと叩《たた》いた——それは財布で、手にしているのは三吉だった。

振り向いた朱実は唇を噛んで、睨《にら》み付けた。

最前、ぶつかった若い男が三吉に首根っこを摑まれていたからだ。

朱実が掏った財布をこの若い男に渡したのを、孫六は一瞬で見抜いたのである。

「どじ」

朱実が若い男に小声で毒づいた。

「このアマ、簀巻《すま》きにしてやる」

「待ちな」

「何でえ、手前《てめ》ぇは」

孫六は三吉に仔猫を預け、代わりに受け取った財布を手のひらの上で弾ませた。

重みがあり、金の擦れる音がした。

孫六はにやりとして、男に向かい財布を放った。

「ほれ、さぞかし小判がたくさん入っていることだろうよ」

男が財布を開けると、中には平べったい布の袋が入っているだけである。

「神社の玉砂利と鐚銭《びたせん》、金釘《かなくぎ》くらいが関の山のようだな」

男はきまりが悪そうに財布と布袋を懐に押し込み、連れとともに立ち去った。

見物人から大きな笑いが起きた。

「ざまあみろ、おととい来いってんだ」

朱実が強がった。

「朱実、どじはお前も一緒だ。とっとと着物を着ろ。梅吉《うめきち》、お前も来るんだ。お前たちこれで何度目だと思ってるんだ。孫六、手を焼かせたな」

木之内が追い立てるようにして朱実と梅吉を連行した。

「今日は説教だけじゃ済まねえぜ」

ビュン、と唸《うな》りを上げて振り下ろされる竹刀が、朱実の背中でバシっと容赦なく鳴った。

ここは北町奉行所《きたまちぶぎょうしょ》の仕置き場である。

「もっとやりやがれ、ちくしょう」

負けず嫌いの朱実は大声を上げながら竹刀を振るう木之内を睨みつけた。

「あと一つ！」

竹刀が唸り、鳴った。

「次、梅吉」

朱実と梅吉は、木之内から二十ばかり敲《たた》かれて、仮牢《かりろう》に放り込まれた。

仲違《なかたが》いした朱実と梅吉は、牢内の隅と隅に分かれた。

牢には先客が一人いた。身形《みなり》のいい老爺《ろうや》である。

「何で捕まった？」

老爺に声を掛けられるが、「関係ないでしょ」と、朱実はプイと横を向いた。

「どうせ掏摸《すり》か置き引きだろ。みみっちいな、やることが」

「そういう爺《じい》さんは何でこんな所にいるんだい」

「御金蔵破りだ」

老爺がさらっと答えた。

うそ。

朱実と梅吉は思わず顔を見合わせた。

「大坂《おおさか》、尾張《おわり》、駿府《すんぷ》、甲州《こうしゅう》まではよかったんだが、さすがに千代田《ちよだ》の御城は難しかったぜ」

（うそでしょ）

あまりに堂々と喋《しゃべ》るものだから、朱実も半信半疑になる。

そこへ、木之内が三吉と姿を見せた。

「象潟屋《きさかたや》又兵衛《またべえ》」

木之内が口にした店の名を聞いて、朱実はさらに驚いた。

象潟屋といえば、浅草蔵前《あさくさくらまえ》に建ち並ぶ札差《ふださし》の中でも大店《おおだな》中の大店だからだ。

札差とは、旗本御家人に支給される俸禄米《ほうろくまい》を、武士に代わって受け取り、米屋に売却、換金を請け負う業者のことである。

（この爺さん、あの象潟屋の主人かご隠居なのか……）

「店に報《しら》せたが、お前を迎えに来ようという者は一人もいねえ。勝手にしてくれってよ」

「それはお手間を掛けましたな」

又兵衛がへらへらと笑った。

「見捨てられたんだ、うちの人に」

梅吉の側に這《は》っていった朱実が、小さく笑った。

「又兵衛、出ませせえ。二度と女風呂《ぶろ》の覗《のぞ》きなどするなよ」

ぷうーっと、朱実が噴き出した。

「爺さん、二度と御金蔵破りなんかするんじゃないよ」

「またな」

朱実のからかいにも、又兵衛は平然として牢を出て行った。

「またな、だって。変な爺《じじ》い」

「朱実、梅吉、お前たちも解き放ちだ。出ろ」

「いいんですか、旦那？　よかったな朱実」

梅吉がほっとした顔をした。

「掏《す》られた奴が何も盗《と》られていねえって言うんだから仕方がねえ」

「玉砂利と鐚銭は盗んだらしいがな」

三吉にからかわれて、朱実はふくれっ面で牢を出た。

奉行所の脇門から追い出され、朱実はつんのめるようにして表に出た。

「何しやがるんだよ、罪のない町人に対して」

明るく吠えた朱実が、梅吉の肩をついて前方を指差す。

又兵衛が行く当てもなさそうにぶらぶら歩いている。

（幸運が舞い込んだじゃないのさ）

しめしめと、朱実はほくそ笑んだ。

「梅吉」

朱実は梅吉の前に回ると、身振り手振りで、寺の釣鐘を橦木《しゅもく》で突く仕草をする。

「鐘」と、梅吉が答える。

正解！　というように、朱実が梅吉を指差す。釣鐘を突く仕草を繰り返すと、次に鐘の周囲に鳴り響く様を手で大袈裟《おおげさ》に表す。

「鳴る！」

正解と、またも梅吉を指差す。

次いで、朱実は両手を合わせて上に伸ばす。それから、左右の手を鋸《のこぎり》の刃のように、しかも段々と裾野《すその》が広がるように動かした。

「のこぎり山」

（ばか）

答えを外した梅吉を睨《にら》むと、近くの板塀を音高く叩《たた》いた。

「木か」

「だから？」

朱実が初めから仕草を繰り返すと、それに合わせて、梅吉が答える。

「金の、なる、木」

正解！　と梅吉を指差す朱実。

「御金蔵破りの爺さん、待ってよ」

朱実が又兵衛を追って駆け出した。

2

孫六が連れて帰った黒縞《くろしま》の仔猫《こねこ》が人気である。

ここ、神田相生町《かんだあいおいちょう》にある四文屋《しもんや》〈柚子《ゆず》〉の板の間を埋めた客の間を、仔猫が無邪気に駆けずり回っている。

仔猫がなぜ孫六に抱かれてこの柚子に来ることになったのか、お倫《りん》にもその経緯《いきさつ》は話してある。

お倫は、食べ物の商売だから、猫が店の中をうろうろするのはいかがなものかと案じていた。客の中には猫が苦手の者もいるだろうし、と。

「困ったことが起きたらその時考えようじゃねえか。招き猫になってくれるかも知れねえよ」

猫好きの孫六が相好を崩した。

仔猫は客の間を回って、食べ物をもらっている。

「駄目ですよ、まだ小さい子なんですから、体を壊してしまうわ」

お倫が仔猫を連れ戻した時、縄暖簾《なわのれん》を割って、上物の着物を着た大店の旦那《だんな》然とした老爺が入って来た。

牢にいた又兵衛である。

「いらっしゃいませ」

お倫が仔猫を抱いたまま出迎えた。

「美味《うま》いものを食べさせてくれる四文屋というのはここか」

老爺《ろうや》は仔猫の喉《のど》を撫《な》でながら訊《き》いた。

「左様でございます」

「何でも四文というのは本当かい」

「はい。ですから四文屋でございます」

「なかなかいい店だ。だが、店の名前がよくない。わしは酸っぱいものが苦手なんだ、柚子は出さんでくれよ」

柚子という言葉を口にしただけで、酸っぱそうな顔になる。

そんな又兵衛の顔を、お倫はしげしげと見た。

「間違ったらごめんなさい。もしや、象潟屋の又兵衛旦那じゃありませんか」

「どこで会ったかな」

今度は又兵衛がお倫の顔をしげしげと見詰め返した。

「深川《ふかがわ》ですよ。お忘れですか、ぽん太《た》ですよ、ぽん太」

お倫が左褄《ひだりづま》を取る仕草をした。

途端に、又兵衛が一つ手を打った。

「ぽん太か、懐かしいな。どうしてこんなところにいるんだ」

「辞めたんですよ」

言いながら芸者の仕草も止めた。

「倫と申します。よくおいでくださいました、こんなむさ苦しい店に」

「美味いものを食べさせる店を知らんかと、いま一緒に住んでいる若い娘に訊いたら、ここを教えてくれたんだ」

「あら、どちらの見目麗しい御方か存じ上げませんが、感謝しなければいけませんね、その若い娘さんに」

「なに、わしの懐が寒いんで、安上がりの店を教えただけさ」

「ご冗談ばっかり。でも、浅草蔵前からようこそお運びくださいました」

「そんなわけはないだろう、家はすぐ裏だ。むくろじ長屋にいる。今は隠居の身だ」

小柳町《こやなぎちょう》にあるその裏長屋は、長屋の裏手に大きなむくろじの木があることから、むくろじ長屋と呼ばれている。

「悠々自適ですね」

「まあな」

「さ、どうぞお上がりくださいませ。すぐにお茶をお持ちしますので」

お倫は板の間に又兵衛を通すと、板場に戻って湯呑《ゆの》みに茶を注ぐ。

「昔の馴染《なじ》みらしいな」

板の間を見やって訊いた。

「象潟屋のご隠居さん」

「札差の、あの象潟屋か。大店《おおだな》じゃねえか」

「昔は、ばりばりの遣《や》り手でしたけど、だいぶお歳を召したわね」

「けど、まだ枯れちゃいねえようだぜ」

孫六の視線に促されて、板の間を振り返ったお倫が慌てた。

「あら、嫌だ」

又兵衛が横の、二人連れの若い娘にちょっかいを出していた。

お倫は急いで盆に惣菜《そうざい》を二皿載せて板の間に上がり、

「ご隠居様、四文屋のことはおわかりですか」

と、娘を触ろうとする又兵衛の手をさり気なく摑《つか》んだ。

「ごめんなさいね」

娘たちに小声で言い、二皿の惣菜を置いて片手拝みをした。

それから半刻《はんとき》（約一時間）ほどのち——

縄暖簾を揺らして、若い娘が面倒臭そうな顔を覗《のぞ》かせた。

「いらっしゃい」

板場に戻ろうとした孫六が笑いかけた。

「なんでえ、命の恩人じゃねえか、仔猫の」

入ってきたのは昼間の娘掏摸《すり》の朱実だった。孫六に仔猫を預けた張本人である。

「おじさん、ここの人なの？」

「左様で」

朱実は脚になすりつく仔猫をひょいと抱き上げて、頬擦りをした。

「おい、感謝しろよ、この朱実様に。ここなら食いっぱぐれはないぞ。可愛がってもらいな」

「あなたなのね、仔猫ちゃんの命の恩人て。さ、上がってよ」

お倫が話しかけた。

「ううん、迎えに来ただけ。うちの年寄りが来ていると思うんだけど」

「どなたかしら？」

お倫が板の間に目を向ける。

「遅いぞ、朱実」

又兵衛がえらそうに言い、よろよろと立ち上がった。

「お倫、美味かった。ごちそうさん」

「ありがとうございました」

「勘定は朱実だ」

「かしこまりました」

又兵衛は、朱実から仔猫を取り上げると、懐に入れて出て行った。

「待ってよ、待てって言ってるだろうが、酔っ払い爺《じじ》い」

勘定を済ませた朱実が又兵衛を追って出て行った。

「まるでお祖父《じい》ちゃんと孫ね」

「とんだ孫だぜ」

苦笑いを洩《も》らすと、表で三吉の声がした。

「なんだ、牢《ろう》にいた爺《じい》さんと娘じゃねえか」

「牢？」

奥に戻りかけたお倫が、入ってきた三吉に訊いた。

「三吉さん、あの二人を知ってるの？　どういうことなの、牢にいたって？」

「姐《あね》さん、聞かない方がいいですって。あの爺さん、朱実の家に転がり込んでいたんですね。あの娘、親切ごかしでがっぽり礼金をくすねようって魂胆に違いねえ。いいんですか、親分。あのまま放っておいて」

「ふふふ」

孫六は軽く聞き流す。

「それにしても妙な取り合わせだぜ」

3

朱実は後悔していた。

偶々《たまたま》牢で一緒になった又兵衛を長屋に連れて来たことを、だ。

思えば、あの時に気づくべきだった。都合のいい考えは捨てるべきだったのだ。又兵衛を迎えに来る家族は誰一人としていないと知ったあの時に。

妻はもとより、惣領《そうりよう》とその嫁にも、店の番頭たちからも冷たくあしらわれているならば、家でそんなに肩身の狭い思いをしているならば、たとえ偽りの優しさや親切でも、たちまち心を熱くするに違いない。恩に着せて小金をせしめるくらい朝飯前と高を括《くく》っていた。

(嗚呼《ああ》……)

とんでもない読み間違いだった。

恩を着せるはずが、又兵衛の態度の、まあ、大きいこと大きいこと。ろくな手拭《てぬぐ》いがない、もう少しマシなのを用意してもらえると、湯屋に行くのがより一層楽しくなるんだがな、ま、無理は言えんか。味が上品だな、飯も年寄りに合わせたのか柔らかい。ま、味は育ちと好みの問題だから仕方がないか。

今日は芝居小屋の看板を見て来た。今度は羽織の一枚も新調して芝居を観たいものだなあ。ま、無理を言ったら罰が当たるか。

言葉こそ居丈高ではないのだが、いちいち癇《かん》に障るのだ。

「行燈《あんどん》消すよ、油がもったいないから」

ぐったりして寝床にもぐったら、先に寝床に入っていた梅吉が、もそもそと、あちらこちらの膨らみを触り出したのだ。

「やめなって、爺さんが起きるよ」

「大丈夫だってば」

「やめて」

「朱実」

「やめろって言ってるだろうが」

「うっ」

目を白黒させた梅吉が前を両手で押さえ、背中を丸めて向こうを向いた。

腹立ちまぎれに、梅吉の股間《こかん》を一撃してやったのだ。

翌朝、梅吉はプイと出て行った。

それを見ていた又兵衛爺いったら、「お預け食って臍《へそ》曲げやがった、あははは」

と抜かしやがった。

家にいてもむしゃくしゃするばかりなので、朱実は町に出た。

カモを物色した。今のもやもやした気持ちをすかっと晴らしてくれるカモを。

すると、向こうから人相の悪いカモが泳いで来たよ。

思い出し笑いでもしているのかい、だらしない顔を引っ提げてるねえ。

あれは評判の良くない金貸しだ。名前は確か、そう、一倉屋《いちくらや》黒彦《くろひこ》だ。

よし、目に物見せてくれよう。

そうして鬱憤《うっぷん》晴らしから性懲りもなく掏摸を働いた。

長屋に戻ると、寝転がって黄表紙を開いた。

無論、頂戴《ちょうだい》した紙入れの中の銭で買ったものだ。

そこに、いつもなら夜遅くまで遊び歩いている又兵衛がひょっこり戻ってきた。

又兵衛は、爺様とは思えぬ機敏な動きで板の間に上がると、いきなり朱実から黄表紙を取り上げた。

「何するのさ」

「また悪さをしたな」

又兵衛は朱実の懐に手を突っ込んだ。

「どこ触ってんだよ、スケベ爺い」

又兵衛は紙入れを摑《つか》み取った。

「何だこれは、誰から掏《す》ったんだ」

「知らないってば」

「それじゃ仕方がない。番屋に突き出す」

「だ、誰を突き出すのさ」

「お前に決まっている」

「あたしを？　あたしは、あんたを、店の人から嫌われているあんたをここに住まわせてやっているんだよ」

「わかっている」

「全然わかっていないでしょうよ、ご飯だって食べさせてやってるんだよ、朝も晩も」

「わかっている」

「わかっていないだろ」

「一宿一飯の恩義と人の道は別問題だ」

「ちょっと待ってよ、一宿一飯？」

朱実が指を折る。

「三宿七飯でしょ、寺子屋行き直してよ」

「悪事に手を染めた者を正すのと受けた恩義は全く別だ。それを見逃すのは袖《そで》の下を取るに等しい」

「何言ってるんだか、全然わからない」

この爺さんの気質を読み間違えたのだ。女にだらしないので、てっきり金の管理も何もかもだらしないと思い込んだ。だが、こうと思ったら梃子《てこ》でも動かない頑固な一面があったのだ。

「もう一度訊《き》く。誰だ、掏った相手は」

「うるさいな。因業金貸しだよ、高い利子を取って皆を泣かす業突く爺《じじ》いさ」

「やっぱり知っているんじゃないか。いますぐ返してこい」

「夜になったら行く」

「いますぐ行け」

「暗くなってから」

「強情な奴」

朱実は言い争いを避けたくて、話を逸《そ》らせた。

「ねえねえ。爺さん家《ち》って蔵が三つも四つもあって、うなるほどお金を持っているって話じゃないか。ここら辺りで一遍、家に帰ってさ、朱実って可愛い娘の世話になっているからとか何とか上手に言って、少しお足もらっておいでよ」

「断る」

「金持ちって、金を持てば持つほどケチになるんだ」

「それは少し違う。金の大切さがわかるから大事にするんだ、ケチとは違う」

「よく言うよ。それじゃ、何で金を貸すのさ、高い利子まで取って」

「わしは金融は嫌いだったから、金を貸す者の気持ちはよくわからない」

「欲にキリがないだけでしょ、もっともっともっともっと増やしたい、金の亡者になっているのさ、気づいたらいつの間にか」

「そう言われると返す言葉はないがな」

「やっぱり掏摸《すり》の道を極めるしかないか」

「極めんでもいい、詰まらん道だ」

「いい考えが浮かんだ。これからは頂戴したお宝は、この長屋の皆や困っている人にばら撒《ま》くの。いたじゃない義賊、稲葉《いなば》小僧だったか業平《なりひら》小僧だったか」

「何を言い出すやら」

「皆に感謝されるよ。皆はあたしをこう呼ぶんだ、義賊朱実大明神って。あたしの名声は江戸《えど》中に知れ渡る。でも、いつかは捕まる。奉行所にも面子《メンツ》ってものがあると思うの。そしてお白洲《しらす》でお奉行様に申し渡されるんだ、娘義賊朱実、不届き至極につき死罪申し付ける。お奉行様は義賊なんて言わないか、あははは」

又兵衛が溜《た》め息を吐く。

「手を後ろに縛られてさ、裸馬に揺られて刑場に向かうんだ、お江戸の町の中を引き回されてさ。道の両側は溢《あふ》れんばかりの人の波だよ。皆、あたしを見て泣いてくれるかな。朱実ありがとう、さよならって」

又兵衛はうんざりしている。

「ねえねえ、どっちがいいかな刑場、小塚《こづか》っ原《ぱら》と鈴《すず》ヶ《が》森《もり》と。八百屋《やおや》お七《しち》は鈴ヶ森だったよね」

「馬鹿者《も》ん！」

「どこからそんなでかい声が出るんだよ」

「義賊なんてもんはいない、盗みは盗みだ。金をばら撒いたからといって、お前が盗んだことに何の変わりもない。返してこい、今すぐに」

又兵衛が顔を真っ赤にして言うので、朱実も、つい、しゅんとなった。

(何であんな爺いを拾ってきたんだろ、あたし……)

ふと、思い起こした。

昨日、又兵衛が北斎《ほくさい》の浮世絵で衝立《ついたて》の破れを繕っていた。それを見た時、不意に死んだ父親の弥吉《やきち》を思い出した。弥吉もよく破れた襖《ふすま》に浮世絵を貼っていたからだ。

（爺さんを拾ってきたのは……）

指を折って数えた。

（十四日だ。そうか、十四日といえば、父ちゃんの月命日だ。それで連れてくる気になっちゃったんだよ……）

一人で納得する朱実だった。


五つ（午後八時頃）の鐘を聞くと、朱実は重い腰を上げて長屋を出た。

向かった先は新和泉町《しんいずみちょう》にある高利貸しの一倉屋である。

又兵衛に叱られて、一倉屋の黒彦から掏った紙入れを返すためである。

新和泉町は吉原町《よしわらちょう》旧地にあり、細い路地の多い町である。

明かりのない暗い路地を、足許《あしもと》に気をつけながら歩いた。

と、一軒の家のくぐり戸が開いて、微《かす》かに明かりが洩《も》れ、人影が出て来た。

あの髷《まげ》の形は女だ。

女は一度こちらに向かおうとしたが、朱実の気配に気づいたのか、逃げるように向こうに駆け去った。

（今のは、長屋の佐和《さわ》さんじゃないかな……？　なぜこんな遅くに金貸しの家なんかに来たんだろう……）

朱実は、微かに揺れるくぐり戸を押して、真っ暗な土間に入った。

土間にも帳場のある板の間にも明かりがなく、暗闇に近い。

頼りは、廊下の向こうの一尺（約三〇センチメートル）ばかり開いた障子からこぼれる仄明《ほの》かりだけだ。

「こんばんは、誰もいないの……」

返事がないので手探りで板の間に上がり、廊下を進んだ。そろっと足を忍ばせても床が軋《きし》む。

廊下の片隅に女物の箱枕が転がっていた。障子の桟の一部が壊れ、障子紙が破れていた。

部屋の中を覗《のぞ》くと、続きの部屋の襖が一尺ばかり開いていた。

明かりはその部屋の行燈《あんどん》だった。

その行燈の下に牛蒡《ごぼう》のようなものが見えた。目を凝らすと、牛蒡に見えたのは捲《めく》れ上がった寝巻きの裾《すそ》からはみ出た毛深い人の脚だった。その側に煙管《キセル》が転がり、畳をちりちりと焦がし、燻《くすぶ》っていた。

そっと中を覗いて、朱実は思わず「ひっ」と息を呑《の》んだ。

斜めになった箱枕の脇に、目を剝《む》き、苦悶《くもん》の表情を浮かべた黒彦の顔があった。

蒲団《ふとん》からはみ出るようにして横たわる黒彦の胸には、大工が使う鑿《のみ》が刺さり、赤い血が今もどくどくと溢れ出ていた。

「うっ」

思わず吐きそうになるのを、懸命に堪《こら》えた。

溢れる血を見れば、犯行後あまり時が経っているとは思えない。とすると、黒彦を刺したのは、先ほどくぐり戸から出て行った女、長屋の佐和に似た女だろう。

手拭《てぬぐ》いで口許を押さえながら改めて死体を見た。

（あれっ）

胸に刺さる鑿に見憶《みおぼ》えがあるような気がした。

鑿の柄の頭の部分、〈かつら〉に彫られた「弥」の一文字。

そして、口金にも、手垢《てあか》と汗が染み込んだ柄にも見憶えがあった。

その鑿は、亡き父、弥吉の物に間違いなかった。

（佐和さんに似たあの人は、どうして父ちゃんの鑿を持っていたのだろう……）

そんなことより何より、朱実が思ったのはこうだ。

(このままでは父ちゃんが可哀相だ、父ちゃんの鑿が可哀相じゃないか!)

理屈じゃなく、そう思った次の瞬間――

朱実は死体に飛びつくようにして鑿を引き抜いていた。それを手拭いに包んでその場から逃げ出した。廊下で滑って腰を打ち、雪駄《せった》を履こうとして躓《つまず》き、転げながら土間のくぐり戸のところまで辿《たど》り着いた。

這《は》ったまま、そろっと戸を押し開け、恐る恐る左右を見た。人の気配がないことを確かめると、表に這い出し、一心不乱に走って逃げた。

朱実の足は父の墓に向かっていた。

行こうと思って向かったというより、足が勝手に向かっていた。

新大橋《しんおおはし》を渡った向こう、海辺大工町《うみべだいくまち》にある清心寺《せいしんじ》。

暗闇に包まれた淋《さび》しい墓場は月明かりだけが頼りで、頭の上を飛ぶ梟《ふくろう》のはばたきに驚いて何度も躓きながら、古びた粗末な木の墓標に辿り着いた。木の枝や石ころを使って墓の下を掘り、手拭いで包んだままの鑿を埋めた。

急いで長屋の家に引き返そうと懸命に駆けるのだが、気が逸《はや》るばかりで、走っても走っても前に進まず、まるで悪夢の中を彷徨《さまよ》っているような感覚だった。

やっとの思いでむくろじ長屋の家に逃げ帰ると、後ろ手に戸を閉め、大きく息を吐いた。幸い又兵衛の姿はなかった。板の間に駆け上がると、蒲団の中に潜り込み、顔まで夜具を引き上げた。

今が夢の中なのか現《うつつ》なのか、体だけが震えていた。

戸を軋ませて、ほろ酔い加減で又兵衛が帰って来た。

「返してきたのか」

ぶっきら棒な声がした。

寝たふりをした。

又兵衛がもそもそと隣の蒲団に潜り込む音がして、品のない大欠伸《おおあくび》が聞こえた。

やがてそれも寝息に変わった。

だが、朱実の頭の中には黒彦の死体やら佐和の後ろ姿やら死体から引き抜いた鑿のことやらが、入れ替わり立ち替わり現れては消え、消えては現れた。

とうとう、まんじりともせず、夜明けを迎え、雀の囀《さえず》りを聞いた。

朱実は手桶《ておけ》を持って水を汲《く》みに出た。

朱実の家は路地の一番奥にあって、戸を開けると、空き地に立つむくろじの大樹が目に入る。

井戸端には佐和のほかに誰もおらず、佐和は黙々と洗い物をしていた。

「おはよう」

朱実がそっと声を掛けると、佐和も寂しそうな笑みを向け、小声で挨拶《あいさつ》した。髷は丸髷なので既婚者だ。顔立ちは整っているものの、三十路《みそじ》の陰鬱《いんうつ》なその顔には疲れが張り付いている。

そこへ、佐和の家の隣から焦茶色の小袖《こそで》と袴《はかま》を着け、月代《さかやき》が伸びた浪人者が出てきた。眉《まゆ》が黒く太く、意志の強そうな印象のその男は、河上哲乃介《かわかみてつのすけ》である。歳は三十路半ばだろうか。

河上は桶に水を汲んで佐和の隣に屈《かが》んだ。

「親御さんの具合はどうかな、佐和さん」

「ありがとうございます」

ふたりは目を合わさずに、言葉を交わした。

佐和の母親は寝たきりで、早くに亭主を亡くした佐和がずっと一人で世話を焼いている。父親も寝たきりだったが、一年前に死んだ。それまでの数年間、佐和は二人の寝たきりの老親の面倒をみていたそうだ。そういう話を聞くと、佐和の言葉数が少ないのも、声に張りがないのも、表情に乏しいのも無理もないと思った。

この長屋の人たちは皆いい人で、米や味噌《みそ》、醬油《しょうゆ》、残り物の惣菜《そうざい》などを佐和に届けている。それでも、佐和が金に困っているのは誰の目にも明らかで、きっと昨夜《ゆうべ》もあの金貸しに金を借りに行ったか、支払いの猶予を頼みにでも行ったのだろう。

あちらこちらの戸が開いて、女房たちの賑《にぎ》やかな声が飛び交う。

すると、佐和はその目を避けるように家に戻った。

閉まる戸の音が重く、湿って聞こえた。

「焼き芋は好きか。中食に芋を食う。よかったら来いよ」

ざぶざぶと顔を洗い終えた河上が、唐突に人懐っこい目を向けた。

水を汲んで家に戻った朱実は「あっ」となった。

又兵衛が、怖い顔をして紙入れを突き出していた。

朱実は見ぬふりをして、汲んできた桶の水を甕《かめ》に移し替えた。

「いつもはすぐに蒲団を畳まないのにおかしいと思ったら、案の定だ。どういうことだ」

蒲団の間に隠していたのがみつかったのだ。

「うるさいね」

朱実は又兵衛から紙入れをふんだくると、そのまま家を飛び出した。

4

「この分じゃ雪が降るまでに出来上がらねえな」

孫六は鍬《くわ》を振るう手を休めて、どんよりとした空を見上げた。

氷室を作ろうと、暇をみつけては北側の裏庭に穴を掘っている。ところが、十手を預かってからというもの、何かと忙しく、氷室作りは滞っていた。

そこへ、ばたばたと耳慣れた足音が聞こえた。

「親分、事件ですよ！」

三吉が駆け込んできた。

「新和泉町の金貸しが殺されました。一倉屋の主人の黒彦です」

孫六は直ちに身支度を整えると、十手を腰に帯び、事件現場に向かった。

新和泉町の一倉屋の奥座敷に駆けつけると、すでに木之内がひと通り現場検証を終え、検死医が仏になった黒彦の亡骸《なきがら》を検《あらた》めていた。

先《ま》ず目に飛び込んだのは、証文の類《たぐい》が散乱する様だった。

金が入った手文庫は床の間に置かれたままなのを見ると、金目当ての犯行ではなさそうである。とすれば、下手人はこの店で金を借りている者で、狙いは証文と考えるのが先ずは定石である。

「致命傷は胸の刺し傷だ。心ノ臓《の》まで達している。ただ……」

検死医が言葉を呑み込んだ。

脇に屈んで刺し傷を見ていた孫六が聞き咎《とが》めた。

「先生、もしや、下手人は二度刺しているのではありませんか？」

「さすがは孫六親分だ。一度目は匕首《あいくち》か脇差《わきざし》のような物。傷口が広がっているところを見ると、二度目は鑿《のみ》のようなものではないか」

「下手人は何らかの狙いがあって、犯行を偽装しようとしたようですね」

すると、木之内が苛立《いらだ》ちを滲《にじ》ませた。

「しかし、その鑿なんて物はどこにも見当たらねえよ」

下手人が偽装を働く目的は二つ考えられる。一つは、誰かに罪を着せようとする意図、今一つは、己に捜査の手が及ぶまでの時を稼ぎ、何処へか逃亡を図る意図。

いずれの意図、目的にせよ、犯行に使った得物を持ち去るのは不自然で、凶器は残すのが普通である。

「得物はこの家にあった、それは考えられませんか」

「借金の形《かた》に預かった、それは考えられる。しかし、鑿の持ち主に罪を着せるのは、ちと、無理があるな」

それは孫六も同感である。

下手人が、借金の形に入れた鑿の持ち主を知っていることにもなるからだ。

とすると、下手人は、ただ捜査を攪乱《かくらん》する目的で、偶然みつけた鑿を使い、二度目を刺した、ということなのか。

不審な者を見た者がいないか、聞き込みをするよう、木之内が孫六に命じた。

「俺は、仏の周辺の女を洗う。女出入りは相当なものだったらしい」

木之内は男女の痴情のもつれを疑っているようだ。

ここに来た時から気に懸かっていたことがあった。

廊下に転がっていた女物の箱枕である。

今夜もどこかの女が来ることになっていたのだろう。

煙草盆の側に火の付いた煙管《キセル》が転がっているのを見ても、殺された黒彦が鼻の下を伸ばして女を待っている淫靡《いんび》な様子が窺《うかが》える。

箱枕を投げたのは男か女か。いずれかが障子に向かい力任せに投げつけた。枕は障子紙をぶち破り、桟を壊して廊下に転がった。

その異常な激情ぶりが窺える様を見ながら、いったいここで何があったのか、考えを巡らせる孫六だった。


朱実は、人形町通り《にんぎょうちょうどお》を行く当てもなく、とぼとぼ歩いていた。

不意に、どんと、誰かに肩をぶつけられた。

「気をつけなさいよ」

文句は言ってみたものの、前から来た者に気づかない自分に呆《あき》れた。

ふと、気になり、懐に手を入れた。

「ない」

紙入れを掏《す》られたことに気づいた。

振り返ると、向こうで若い男が、紙入れを高く掲げて笑っている。

いつも朱実にちょっかいを出す同業の男だ。

「あの野郎、待ちな」

朱実が追うと、男はおどけた仕草をしてからかい、逃げる。

ところが、前からやって来た孫六と三吉を見て、男は蹈鞴《たたら》を踏み、慌てて路地に逃げ込んだ。

男の後からやって来た朱実も同じように逃げ出した。

三吉がお得意の俊足を飛ばして男を捕まえると、男の懐から紙入れを摑《つか》み出して孫六に渡した。

中を検めて、孫六は思わず表情を硬くした。

紙入れの中には、

一倉屋　黒彦

と書かれた細長い紙片、いわゆる名札が入っていたからだ。

「お前だな、金貸しの黒彦を殺したのは」

三吉が声を高くした。

「じょ、じょ、冗談じゃありませんよ」

「それじゃどうしてお前は死んだ黒彦の紙入れなんか持っているんだ」

「俺のじゃねえ、それは朱実のだよ」

「朱実だと？」

「ぼうっとしてるから、ちょいとからかったまでよ」

「よし、わかった。この紙入れは預からせてもらうぜ」

「けど親分。聞けば聞くほど、黒彦のことは悪く言う者ばっかりですね」

むくろじ長屋に向かう途中、三吉が嘆かわしそうにぼやいた。

聞き込みを重ねれば重ねるほど、一倉屋黒彦の因業ぶり、酷薄な様が浮かび上がるからである。時には胸が悪くなる、耳を覆いたくなるような証言もあったのだ。

「殺されても仕方がありませんね」

「町の者がそういうのは構わねえ。だが、三吉、十手を預かる者が口にしちゃならねえよ」

「わかります、わかりますけど、俺は泣かされた者《も》んの気持ちに寄り添いてえな。だって金貸しの奴らは法の網の目をくぐって、借りた者から高い利子を吸い上げているんですよ」

「何だか俺が責められているようだぜ」

「親分は悪くありませんよ、悪いのは金貸しの黒彦ですよ」

三吉の言い訳を聞きながら、孫六はむくろじ長屋の木戸をくぐった。

目指す朱実の家は、路地の井戸の先の一番奥にある。

むくろじの大樹の下で白煙がゆらゆらと上がっている。

見ると、武士と町人と思《おぼ》しき女が焚火《たきび》をしていた。

女が肩を震わせ両手で顔を覆い、ほつれ毛が揺れた。

その肩に手を掛け、励ますように力強く揺すったのは、月代《さかやき》が伸びた浪人だった。

焚火には心を癒《いや》す働きがあると言われる。だが、その長閑《のどか》な光景には似つかわしくない深刻な様子が、ふたりの背中越しに窺えた。

「焚火ですか」

孫六がさり気なく声を掛けたのだが、虚を衝《つ》かれたのか、ふたりの背中がびくんと揺れた。

振り向いたのは、焦茶色の小袖《こそで》の浪人と、丸髷《まるまげ》で地味な身形《みなり》の女だった。

孫六はまだその名を知らないが、ともに長屋の住人の河上哲乃介と佐和である。

ふたりは孫六の十手を見て、さらにその表情を強張《こわば》らせた。

「芋を焼いた残り火に当たっていたのだ」

河上は慌てて木の枝で燃える火を掻《か》き混ぜた。

焚火の中で丸まって薄墨になった紙のようなものが見えた。

孫六は面に出さず、朱実の家に向かった。

「ごめんよ」

戸を開けると、板の間で独り膝《ひざ》を抱えていた朱実が顔を上げた。

「四文屋のおじさん……」

そこまで言い掛けた朱実の顔が強張った。

やはり十手が目に入ったからだろう。

「おじさん、岡っ引きだったの。何だか裏切られた気分」

「これに見覚えがあるな」

懐から紙入れを取り出すと、朱実は目を逸《そ》らした。

「朱実、金貸し黒彦殺しの科《とが》で召し捕る」

「知らないよ、あたしは知らない」

「申し開きは番屋でしな」

三吉がたしなめる。

「素直に従いて《つ》来るなら縄は打たねえが、どうだ」

「逃げも隠れもしやしないよ」

孫六におとなしく連行される朱実を、長屋の女房たちが心配そうに見送る。その中にあって、佐和と河上は他の店子《たなこ》とは様子が異なって見えた。その表情には戸惑いと憂いが滲《にじ》んでいた。

「なぜ、金貸しの黒彦を殺した」

孫六が連行した朱実を、木之内が取り調べている。ここは筋違橋《すじかいばし》に程近い花房町《はなぶさちょう》の番屋である。

途端に朱実が反撥《はんぱつ》する。

「旦那《だんな》、そうやって端《はな》っから人を疑ったり、科人を見るような目で人を見るのはよしとくれよ」

「生意気な口を利くんじゃねえ。訊《き》いたことに答えろ。なぜ金貸しの黒彦を殺したんだ。借りた金が返せねえからか、ほかに何か恨みでもあったのか、とっとと吐いちまいな」

「ふん」

「紙入れを盗んでずらかろうとしたら、みつかって刺した。そうだな」

するとと、朱実が鼻で笑った。

「紙入れ一つのことで金貸しの家に盗みに入る？　あはははは。お笑い種《ぐさ》だ。このあたしを誰だと思ってるんだ、仙女香の朱実だよ。掏《す》ったに決まってるだろ」

指を鉤形《かぎがた》に曲げながら毒づく。

「だけど、うちの口の悪い居候爺《じじ》いが、返して来いと煩《うるさ》くて仕方がないから返しに行ったんじゃないか」

「返しに行ったはずの紙入れがどうしてここにあるんだ。下手な言い訳はよせ」

木之内が十手の先で朱実の顎《あご》を持ち上げる。

朱実が、きっ、と木之内を睨《にら》み返すと、投げやりな口調でこう言った。

「はいはい、あたしがやりました。これでいいんだろ」

「身に覚えもねえのに、滅多なことを言うもんじゃねえ」

孫六が間を置かず、朱実をたしなめた。

「その紙入れは金貸しの黒彦と知った上で掏ったんだな」

「そうだよ。あいつは因業爺いで有名なんだ。だから、少しぐらいくすねても構やしないと思ってさ。ところが居候爺いの奴が、返せ返せと喧《やかま》しく言うんだよ。だから言い返してやったんだ。金は長屋の皆にばら撒《ま》くって。あたしは義賊朱実大明神と崇《あが》められて獄門台に行けばいいんだからって」

「たわけたことを言うな、馬鹿野郎！」

木之内が怒鳴った。

「つまり、黒彦から掏った紙入れを返しに行ったが、肝心の当人が死んでいるのを見て怖くなって逃げ出した、そういうことだな」

穏やかな口調で訊いた。

「ま、そういうことでいいんじゃないの」

「死体を見て腰を抜かすとは、口程にもなく臆病《おくびょう》なんだな」

「大っ嫌い」

「それはそうとして、一つ訊きてえことがある。お前は黒彦が死んでいる姿を見たんだな」

「見たよ」

「わかった。黒彦は何者かによって胸を刺されて死んだ。それは奉行所の医者もそう認めている。お前は今、黒彦が死んでいる姿を見たと言った。黒彦の胸には何が刺さっていた」

「さあ……」

朱実は惚《とぼ》けて目を逸らした。

「死体を見たくせに、憶《おぼ》えていねえのかい」

「どうしてかな」

「鑿《のみ》のような物、それが医者の見立てだ」

孫六は、ひたと、朱実を見て、その顔色を窺《うかが》った。

「ところが、その鑿が見当たらねえんだよ」

「…………」

「お前が、黒彦の胸に刺さった鑿を見ていねえとなると、誰かが鑿を持ち去った後で黒彦の死体を見たのかも知れねえな」

「…………」

「今夜は奉行所の牢《ろう》で寝てもらうぞ」

木之内が朱実に命じて、一旦《いったん》、取り調べを終えた。

孫六は三吉を連れてむくろじ長屋に戻った。

一番奥にある朱実の家に向かうと、佐和の家の戸が開いた。

「親分さん、朱実さんはどうなりましたか」

「朱実のことを心配してくれるのかい」

「とても人を殺せるような人には見えませんので……」

「自分がやったと言っているんでさ」

「えっ」

「お調べが続いている。今夜は帰れねえ。それを又兵衛さんに報《しら》せに来たんだ」

声が聞こえたのか、河上も戸を開けて顔を覗《のぞ》かせた。

「朱実は本当に自分が刺したと言っているのか」

孫六は一呼吸置いて答えた。

「へい」

河上に目礼をして朱実の家に向かった。

「朱実はやっちゃいないよ」

又兵衛が真顔を向けた。

朱実が金貸しの黒彦から紙入れを掏ったのは本当であり、昨夜その紙入れを返しに行ったのも本当だと言ってから、こう答えた。

「あの晩、朱実は一睡もしていない。人が殺されているのを見て腰を抜かしたのもそりゃあるだろう。だが、それだけじゃない、何かあったんだよ、金貸しの家で。誰かに会ったとか、何かを見たとか……これは永い間人を見てきたわしの勘だ」

ひたと孫六を見詰めるその瞳《ひとみ》に、朱実を信じる又兵衛の気持ちを見た。

「調べが始まったばかりで言えねえことばかりなんだが、又兵衛さん、仏の胸には鑿が刺さっていたんだ」

「鑿だって？　それじゃあ朱実は絶対に刺していないよ」

「どうしてそう思うんだい、又兵衛さん」

「朱実の死んだ父親は大工なんだ」

「大工……」

「父親は確か弥吉と言っていた。腕のいい大工だったと自慢していた。大工の娘が鑿で人を刺せますか？　刺せませんよ。そうでしょ、親分」

又兵衛はさらに朱実から聞いた話を聞かせた。

朱実が七つの頃、弥吉が置き引きの疑いで牢に入れられたことがあった。その直後、重い病を抱えていた弥吉の女房が、朱実にとっては大事な母親が危篤になった。親類や長屋の者がいっときの解き放ちを嘆願したが、奉行所がそれを許さず、弥吉はとうとう女房の死に目に会えなかった。後に弥吉も濡れ衣《ぎぬ》と判明した。

「あいつは父親のことが好きだったんだ、大好きだったんだ。父親の話をする時、朱実は実に優しい顔をするよ。今の話をわしに聞かせた時には、まるで目の前で起きていることのように涙を浮かべていたよ」

「そんなことがあったのかい……」

朱実が役人に反撥する気持ちがわかる気がした。

不意に、脳裏を過《よぎ》った。

（その鑿が、もし、朱実の父親の物であったとしたら……？）

たとえ殺されたのが因業な金貸しであろうと、その凶器が父親の鑿であるのは堪《たま》らぬ気持ちになるだろう。

朱実がその鑿を持ち去ったとしても、その気持ちは十分理解できる。

さらに、もし、又兵衛が想像するように、あの晩、紙入れを返しに行った黒彦の家で誰かを見たとしたら、それがよく知る人物だったとしたら――

黒彦を刺したのはその人物だと思い込んだとしても、その人物を庇《かば》いたい気持ちが生まれたとしても、決して不自然ではない。まして、鑿は自分の父親の物だ。鑿を持ち去ることで、顔見知りの人物を庇うことにもなるならそれもいい、そう思わなかったとは言えまい。

「金貸しに限らず、昨今は、わしのような札差も金融に走っているからな」

又兵衛は申し訳なさそうに頭を掻《か》きながら、札差の高利貸しの手法について、二つぼかり教えてくれた。

一つ目は奥印金《おくいんきん》と呼ばれるもので、架空の名前の金主《きんしゅ》を作り、自分はその保証人となって借用証文に奥印を押してやるという手法である。こうすることで、直接の貸借関係を回避し、公定の一割八分以上の利子を得ようとした。

二つ目は、返済が出来なくなると、元利合計を新しい元金として、借用証文を書き替えさせる手法である。その際、古い借用証文の最後の月を、新しい証文の最初の月に組み込んでしまい、一か月分の利子を二重に取ってしまう。これが月踊りという手法で、札差のみならず、大方の高利貸しもこの手法を使っていた。

「月踊り、ねえ」

風流な言葉の響きの裏で、金貸しの強欲ぶりが透けて見えるようだ。

朱実の家を出ると、孫六は三吉にこう命じた。

「三吉、木之内の旦那《だんな》の許しをもらって、金貸しの家から押収した書付を洗って、弥吉に関するものがねえか、徹底的に調べるんだ」

「へい」

「それと、むくろじ長屋の店子《たなこ》らの借用証文も併せて調べてくんな」

「合点で」

5

朱実が解き放ちになった。

孫六が木之内に頼んで、朱実を泳がせたのだ。

というのも、黒彦の店から押収した書付を丹念に調べた三吉が、朱実の父、弥吉の証文を見つけ出したのである。

その書付により、弥吉が借金の形《かた》に鑿を取られたことがわかった。

鑿を持ち去ったのは朱実と確信し、木之内も朱実の解き放ちを決めたのだ。

孫六は三吉とともに朱実の跡を尾《つ》けた。

奉行所を出た当初は行く当てもなく、ふらふら歩いていたが、何か心を決めたのだろう、歩みが早くなった。

新大橋を渡り、朱実が向かったのは、清心寺という小さな寺の墓地だった。

侘《わび》しい木の墓標の前に屈《かが》むと、瞑目《めいもく》して手を合わせる。

墓に向かい、心の中で語りかけている。

(長屋の佐和さん、それは可哀相な人なの。証《あかし》がなければ、あの人が罪にならなくて済むかもしれない……ただ、父ちゃんの鑿で人を刺すなんて、父ちゃんがあんまり可哀相なんで鑿を持ち去って、父ちゃんの側に埋めたんだ……黙っていればいいよね、あたし間違ってる？　間違ってないよね、父ちゃん……）

朱実が目を開けた。

それを見て、孫六はゆっくりと歩を進めた。

枯れ草を踏む音を聞いてこちらを向いた朱実が、孫六とわかって逃げようとした。だが、その行く手を三吉に阻まれ、観念して孫六に向き直った。

「墓の下の父親と何を話していたんだ」

「………」

「お前は金貸しの黒彦から掏《す》り取った紙入れを返しに行った。そこで、黒彦の死体を見た。金貸しの家で見たのはそれだけかい？」

「それだけだよ」

「いや、お前はあの晩、黒彦の家で何かを見ている」

「へえ、役人て、人の跡を尾けたり人を疑うのが商売かと思ってたけど、作り話も戯作者《げさくしゃ》並みに上手なんだ」

「何だと」

摑《つか》みかかろうとする三吉を孫六が止めた。

「今の話は俺じゃねえ、又兵衛さんが言っていたことだ」

「えっ」

「長屋に帰って来たお前の様子を見て、そう感じたそうだ。お前は金貸しの家で誰かに会ったか、何かを見たってな」

「………」

「黙《だんま》りかい。それじゃ俺から言おう。黒彦の胸には鑿が刺さっていた。その鑿を黒彦の胸から引き抜いて持ち去ったのは、朱実、お前だ」

朱実は押し黙っている。

「お前がなぜ鑿を持ち去ったのか。理由は二つだ。一つは誰かを庇うため。もう一つは、それがお前のとっつぁんの鑿だったからだ」

朱実の表情がわずかに揺れた。

「ここに眠るお前のとっつぁんは腕のいい大工だったそうだな。その娘が鑿で人を刺せるかって、又兵衛さんがこの俺に訊《き》いてたよ」

「………」

「こうも言っていた。お前が大好きなとっつぁんの話をする時、実に優しい顔をするんだ、そして、とっつぁんのことで怒る時には涙を浮かべるんだってな」

「………」

「お前のとっつぁんが濡《ぬ》れ衣《ぎぬ》で牢《ろう》に入れられたために、女房の死に目に会えなかったことも聞いた。その時の役人に代わって詫《わ》びる、すまなかった」

孫六が目礼を送った。

孫六の真摯《しんし》な気持ちが朱実の胸を打ったのか、朱実の唇が微《かす》かに震えた。

「朱実、よく聞くんだぜ。あの鑿は、黒彦の命を奪った凶器じゃねえんだよ」

「えっ？」

朱実が驚きと戸惑いの表情を浮かべた。

誰かを庇おうとしていると、明らかに認めた瞬間だった。

「鑿は偽装だ。下手人が俺たち役人の目を眩《くら》まそうと企《たくら》んだんだ。だから、お前がもし誰かを、いま頭の中に思い浮かべている人物を庇おうとしているんだとしたら、その必要はねえよ。その人物は下手人じゃねえんだからな」

朱実は、全身から力が抜け落ちたかのように、呆然《ぼうぜん》として突っ立っていた。

「三吉、行こうか」

「親分、鑿の在《あ》り処《か》を吐かさなくていいんですか」

「いいってことよ」

（どうせ、父親の墓の下あたりだろうよ）

孫六はそう見通していた。

むくろじ長屋に行くと、店子らが慌ただしく行き交っていた。

その日の昼下がり、佐和の老母が息を引き取ったのである。

「三吉、調べは中断だ。俺たちも長屋の皆と一緒に仏の冥福《めいふく》を祈ろう」

長屋の大家や店子らが協力して、ささやかだが心の籠《こ》もった葬式が執り行われた。

孫六も焼香をした。

印象に残ることが二つあった。

一つは、線香を上げ、合掌する朱実がこう呟《つぶや》いたことだ。

「死に目に会えてよかったね」

父、弥吉が女房の死に目に会えなかった無念を思いやってのことだろう。

もう一つは、葬式が終わった夜のことだ。

「長い間よく世話をした」

二人きりになって、河上が佐和をねぎらった。昼の間は気丈に振る舞っていた佐和だったが、緊張の糸がふっつりと切れたのだろう、崩れ落ちるように河上の胸にその顔を埋《うず》めたのである。

葬儀の翌日――

孫六は心を決めて、河上の家の腰高障子を静かに叩《たた》いた。

「ごめんなすって、相生町の孫六でございます」

やがて、静かに障子が開いて、河上が顔を見せた。

「ちょいと話を聞かせて頂きてえことがございます」

「どんな話だ」

「それは、むこうで」

孫六は、目で隣家の佐和への気遣いを示した。

河上はすぐにそれと察したようで、素直に従った。

孫六はむくろじの木の下に河上を誘い、切り出した。

「朱実がお解き放ちになりました」

「そうか、それはよかった」

「はじめは、誰かを庇《かば》おうとしていたようで、自分がやったと言っておりました。誰を庇おうとしたたと思いますか」

「さて」

「佐和さんです」

孫六は声を落とした。

「……………」

「金貸しの黒彦が殺された晩、佐和さんが黒彦の家から出て来るのを見たらしく、佐和さんが黒彦を刺したものと思い込んだようです。朱実は黒彦の胸に刺さっていた鑿を持ち去りました。鑿が下手人による偽装とも知らずに」

孫六がちらと視線を投げると、河上が口許《くちもと》を引き締めた。

「調べの中で二つのことがわかりました。一つは、黒彦の店から押収した証文の中に、佐和さんの証文が見当たらないこと。今一つは、まったくの偶然だったのですが、その鑿が朱実の死んだ父親、弥吉の物だったことです」

「父親の、鑿……」

「へい」

「父親の鑿が金貸しの胸に突き刺さっていたのを、朱実が見たというのか。それは堪《たま》らぬ気持ちだったろうな」

「それじゃ、佐和さんはなぜ黒彦の家を訪ねたのか、ということになりますが、それは後でお聞きするとして、朱実が黒彦殺害の凶器の鑿を持ち去るという思いもしねえ出来事のお蔭《かげ》で、それは下手人にとっては計算外だったかも知れませんが、あっしらは、佐和さんも鑿の行方も事件の解決には関わりがねえ、そう思ったんです」

「………」

「では、真の下手人は誰か、ということになりますが」

孫六は一度言葉を切り、河上をひたと見詰めた。

「河上様、あなたですね、黒彦殺しの下手人は」

「そうだという証《あかし》はあるのかな」

「ご自分ではないと、そうは仰《おっしゃ》らねえんで？」

「わしは死んだ金貸しに一文も借りていない。従って殺す動機がない」

「いえ、ございます」

「ほほう、本人がないと言っているのに、可笑《おか》しなことを申すな、孫六殿は」

「佐和さんです、佐和さんへの愛です」

「………」

「あっしが朱実のことを又兵衛さんに報《しら》せるためにむくろじ長屋に行った時のことを憶《おぼ》えていらっしゃいますか」

「はて」

「あっしに気づいて、先《ま》ず佐和さんが顔を出した。そして、朱実はとても人を殺せるような人には見えねえ、そう言うんで、朱実が自分がやったと言っていると伝えた。その後で河上様も顔をお出しになった」

「そうだったな」

「河上様はその時何と仰ったでしょうか」

「朱実の身を案じたと思うが」

「朱実は本当に自分が刺したと言っているのか――そう仰ったんです」

「そうだったかな」

「あっしは佐和さんに、朱実が自分がやったと言っているとは申しましたが、自分が刺した、とは申しておりません」

河上は言葉に窮して、目を逸《そ》らすと、観念したような深い息を吐いた。それから、覚悟を決めた表情で孫六に向き直った。

「わしは知ってしまったのだ。毎月、決まった日の晩、佐和さんがそっと長屋を抜け出して行くのを。まるで幽鬼のような足取りで出掛けて行くのをな……そして、夜更けにまた戻って来るのを」

「わしは、ある晩、佐和さんの跡を尾《つ》けた。佐和さんが消えたのは……」

河上は苦しげに言葉を詰まらせた。

「黒彦の家だったのですね」

「こんな夜もあった。口入屋の仕事で遠出し、夜中に長屋に戻ったのだ。その時、ばったり佐和さんと会ってしまったのだ。わしの顔を見た佐和さんが黙ってわしを見詰め返した。あのように哀しい目をしたのは初めてだった」

「………」

「わしが色に出してしまったのだ」

河上は吐き捨てるように言い、血が滲《にじ》むのも厭《いと》わぬように強く唇を噛《か》んだ。

「佐和さんは秘密を知られたのが哀しかったのではない。わしが憐《あわ》れみを顔に出してしまった、その残酷さに打ちひしがれたのだ」

河上は〈秘密〉という言い方をしたが、おそらく佐和は、借金の利子代わり、返済の猶予を得る見返りとして、黒彦に身を任せていたのだ。

「佐和さんを悲しみのどん底に突き落とした者の、人としての償いは死しかない。同じ死ぬなら、佐和さんを地獄の苦しみから、地獄の底から引き上げてから死のうと決めたのだ」

「あの日、焚火《たきび》にくべた物は何ですか」

「枯葉だ」

「そのほかには」

「忘れた。燃やした物は永遠に元には戻らない」

「燃やされたのは、私の証文です」

いつの間にか、佐和が立っていた。

「佐和さん……」

「河上様、どうぞすべてをお話しください、お願いします」

佐和が深々と頭を下げた。

「わかった……」

心静かな佐和に背中を押されたのか、河上が心を決めて語り始めた。

あの日――

河上は枯葉を集めて燃やしながら、懐から一枚の書付を広げて佐和に見せた。それは、佐和の借用証文だった。

河上はそれを火の中に投じた。

「佐和さん、何も言わないでくれ、これでいいのだ、これで……」

書付はたちまち燃え上がり、墨の薄紙となり、やがて、崩れて灰になった。

あの晩、河上は佐和に先んじて黒彦の家に行き、黒彦を脇差《わきざし》で刺した。佐和の証文を捜すうちに古い鑿を見つけた。河上はその鑿で再び黒彦の胸を刺して、黒彦の家を後にした。その後に来た佐和は黒彦の死体を見て驚き慌てて逃げ出した。佐和が逃げ出すところを、黒彦の紙入れを返しに来た朱実が目撃したのだった。

黒彦の部屋にあった女物の枕を、障子に向かって投げつけたのは河上だろう。

「佐和さんの証文は常に一枚しかないのだ。返済期限が来ると、恩に着せて古い証文は破り、膨らんだ利子と合わせた新たな証文に書きかえて爪印を押させる。そして、その度に、ひと月分の利子を余計に取られる」

「月踊りですね」

「そうだ。お上の目を盗む悪行だ。目を背けてはならぬ」

「だからといって、刀で一刀両断にしていいわけじゃありません。法があります」

「その法の網の目を潜って悪行を働いているのだ」

「それを法が裁きます」

「わからぬ、わからぬ」

「法を悪用するのも、法の網の目をくぐるのも、法をねじ曲げるのも人です。しかし、法を正しく解釈するのもまた人。法を用いるのは人なんです」

「…………」

「河上様。今のお奉行様が、榊原《さかきばら》様が、きっと、河上様の憤りを晴らしてくれます」

「河上様……私、お待ちしております、いつまでも……」

佐和が河上への愛を告げた。

河上哲乃介には遠島が申し渡された。

本来ならば死罪だが、黒彦の佐和への非道な仕打ちや露見した数々の悪行をふまえ、罪一等が減じられた。

榊原は河上に裁きを申し渡した直後、抜き打ちで一斉に札差や金貸しに捜査に入り、法外な利子で貸付を行う事例や店には厳罰をもって対処し、綱紀を粛正した。

佐和は毎朝、昇る朝日に手を合わせている。河上哲乃介が島から帰る日を待ち望みながら、一日一日を生きている。むくろじの木を見上げる瞳《ひとみ》に少しずつだが、力が宿り始めている。日暮れには木戸口に目をやる。いつの日か、ひょっこり長屋の木戸をくぐる河上の姿を思い描いて——

6

「ええっ」

朱実が素《す》っ頓狂《とんきょう》な声をあげた。そして、へなへなとその場に崩れ落ちた。

「とうとうばれたか、へへへへ」

又兵衛は舌を出すと、へらへら笑った。

つい今し方、梅吉が来てこう教えたのだ。

又兵衛は象潟屋の養子の身で、すでに離縁され、家を放り出されて一文無し。離縁された理由は妾《めかけ》を囲っていたからだった。

「隠してたんだ、今まで。騙《だま》したんだね、あたしを」

「わしがいつ隠した、いつ騙したよ。お前が来いと言うから来てやったんじゃないか、わしから置いてくれと頼んだことは一遍だってないよ」

そう言われて、朱実はぐうの音も出ない。

又兵衛が〈金の生《な》る木〉と踏んで長屋に連れて来たのは朱実なのだ。

「すまんな、一文にもならずに。そうと知られた以上、いつまでもここに置いてもらうわけにもいくまい。近く出て行くから、落ち着き先がみつかるまで、もう二、三日置いてくれ。頼む」

又兵衛が殊勝な顔をして頭を下げた。

「よ、よしてよ、柄でもない。わかったよ。けど、もし、行き先がみつからなかったら、みつかるまでいてくれていいんだよ」

「ありがとう。そうと決まれば、今から出掛けるとするか」

又兵衛は何処に行くとも告げずに出て行った。

そして、三日後。

「朱実、梅吉、世話になったな」

朱実と梅吉が木戸口まで又兵衛を見送った。

「本当に行くところがあるんだね？　何処に行くんだい？」

「昔の女のところだ」

「ええっ。昔のお妾さんが、今更、のこのこ現れた老いぼれた爺《じい》さんを、面倒みてくれるのかな」

「誰が老いぼれだ。この間顔を出したら、いつでも来いと言ってくれたんだ。どうだ、参ったか」

「参った。無一文の爺さんの面倒をみようっていうんなら、それは本物だ。よかったじゃないの」

「楽しかったよ。二度と会うこともあるまいが、わしの葬式の時は朱実に報《しら》せるよう女に言っておくから、きっと来い。いいな」

「わかった」

「香典だけ、忘れるな」

「三途《さんず》の川の渡し賃と船頭の賄賂《わいろ》くらい、軽いもんさ」

朱実がにっこりと右の人差し指で鉤形《かぎがた》を拵《こしら》えた。

「馬鹿、二度と掏摸《すり》なんかするんじゃねえ。堅気になって汗水垂らして稼いだ金を一文でも二文でも持って来い。それでわしは成仏できる」

「やだ、やめて。何だかじんときた。でも、死んじゃったら、爺さんの憎まれ口も聞けなくなるんだよね」

「世話になった」

これまで一度も見せたことのない生真面目な顔である。

「あ、あたしこそ……爺さんも達者でね」

「今生の別れだ」

込み上げるものを抑え切れず、又兵衛が目頭を押さえた。

「やだ、泣くなんて。やだやだ、わたしも泣いてる、涙の奴が勝手に出てくるんだもん、わーっ」

朱実が大泣きした。

又兵衛はしっかりとした足取りで歩き出し、やがて通りに出て、見えなくなった。

「朱実、よかったな」

「うん、よかった、よかったね……」

朱実と梅吉はいつの間にか抱き合い、おいおい泣いていた。


「側にいたら涙が出そう。会うは別れの始まりね」

お倫がしみじみと言った。

朱実から聞いた又兵衛との別れの様子を、孫六がお倫に話したところである。

「男と女、人生いろいろね」

「ふふふ」

孫六が小さく笑みを含んだ。

「嫌ですねえ、独り笑いなんかして」

「又兵衛さん、今生の別れだなんて言ってたらしいが、俺は、しょっちゅう朱実のところにやってくるような気がしてならねえのさ」

「ええっ。朱実さん、もう嫌だって、家に上げませんよ」

心楽しく笑い合う孫六とお倫だった。

「残ったのはお前か」

孫六は膝《ひざ》の上で眠っている仔猫《こねこ》の頭を優しく撫《な》でた。

朱実は掏摸からきっぱり足を洗うことを誓い、洗濯屋の手伝いを始めた。むくろじの木の実をつぶして洗濯に使った、子どもの頃の楽しさを思い出したからだと、洗濯屋の手伝いを始めたきっかけを、朱実が笑って教えてくれた。

仕事で家を空けることも多くなるのでと、頼まれて引き取ったのが膝の上の仔猫だった。

「招き猫になってくれよ。頼んだぜ」

すると、仔猫が「うーん」と大きく伸びをして両の前足で顔を隠した。

主な参考資料

「十手・捕縄事典」名和弓雄・著（雄山閣）
「郷土料理のおいしいレシピ東日本編」教育画劇・編
「郷土料理のおいしいレシピ西日本編」教育画劇・編
「江戸の高利貸」北原進・著（吉川弘文館）
「江戸・町づくし稿」（上巻・中巻・下巻・別巻）岸井良衞・著（青蛙房）
「深川江戸資料館展示解説書」江東区深川江戸資料館・編
「捕物の世界（一）」今戸榮一・編　岸井良衞・監修（日本放送出版協会）
論文「飛脚問屋京屋・嶋屋の金融機能」巻島隆・著（逓信総合博物館研究紀要第4号）
WEBサイト「JA東京中央会」

本書は書き下ろしです。
編集協力／小説工房シェルパ

十手魂《じってだましい》「孫六《まごろく》」

山田《やまだ》 剛《たけし》

令和4年 11月25日 初版発行

発行者●山下直久

発行●株式会社KADOKAWA
〒102-8177 東京都千代田区富士見2-13-3
電話 0570-002-301(ナビダイヤル)

角川文庫 23429

印刷所●株式会社暁印刷
製本所●本間製本株式会社

表紙画●和田三造

●お問い合わせ
https://www.kadokawa.co.jp/（「お問い合わせ」へお進みください）
※内容によっては、お答えできない場合があります。
※サポートは日本国内のみとさせていただきます。
※Japanese text only

ISBN 978-4-04-113108-4 C0193

◇◇◇

角川文庫発刊に際して

角川源義

第二次世界大戦の敗北は、軍事力の敗北であった以上に、私たちの若い文化力の敗退であった。私たちの文化が戦争に対して如何に無力であり、単なるあだ花に過ぎなかったかを、私たちは身を以て体験し痛感した。西洋近代文化の摂取にとって、明治以後八十年の歳月は決して短かすぎたとは言えない。にもかかわらず、近代文化の伝統を確立し、自由な批判と柔軟な良識に富む文化層として自らを形成することに私たちは失敗して来た。そしてこれは、各層への文化の普及滲透を任務とする出版人の責任でもあった。

一九四五年以来、私たちは再び振出しに戻り、第一歩から踏み出すことを余儀なくされた。これは大きな不幸ではあるが、反面、これまでの混沌・未熟・歪曲の中にあった我が国の文化に秩序と確たる基礎を齎らすためには絶好の機会でもある。角川書店は、このような祖国の文化的危機にあたり、微力をも顧みず再建の礎石たるべき抱負と決意とをもって出発したが、ここに創立以来の念願を果すべく角川文庫を発刊する。これまで刊行されたあらゆる全集叢書文庫類の長所と短所とを検討し、古今東西の不朽の典籍を、良心的編集のもとに、廉価に、そして書架にふさわしい美本として、多くのひとびとに提供しようとする。しかし私たちは徒らに百科全書的な知識のジレッタントを作ることを目的とせず、あくまで祖国の文化に秩序と再建への道を示し、この文庫を角川書店の栄ある事業として、今後永久に継続発展せしめ、学芸と教養との殿堂として大成せんことを期したい。多くの読書子の愛情ある忠言と支持とによって、この希望と抱負とを完遂せしめられんことを願う。

一九四九年五月三日

角川文庫ベストセラー

流想十郎蝴蝶剣　鳥羽　亮

花見の帰り、品川宿近くで武士団に襲われた姫君一行を救った流想十郎。行きがかりから護衛を引き受け、小藩の抗争に巻き込まれる。出生の秘密を背負い無敵の剣を振るう、流想十郎シリーズ第1弾、書き下ろし！

剣花舞う　流想十郎蝴蝶剣　鳥羽　亮

流想十郎が住み込む料理屋・清洲屋の前で、乱闘騒ぎが起こった。襲われた出羽・滝野藩士の田崎十太郎とその姪を助けた想十郎は、藩内抗争に絡む敵討ちの助太刀を求められる。書き下ろしシリーズ第2弾。

舞首　流想十郎蝴蝶剣　鳥羽　亮

大川端で辻斬りがあった。首が刎ねられ、血を撒き散らしながら舞うようにして殺されたという。惨たらしい殺し方は手練の仕業に違いない。その剣法に興味を覚えた想十郎は事件に関わることに。シリーズ第3弾。

恋蛍　流想十郎蝴蝶剣　鳥羽　亮

人違いから、女剣士・ふさに立ち合いを挑まれた流想十郎は、逆に武士団の襲撃からふさを救うことになり、出羽・倉田藩の藩内抗争に巻き込まれる。恐るべき殺人剣が想十郎に迫る！　書き下ろしシリーズ第4弾。

愛姫受難　流想十郎蝴蝶剣　鳥羽　亮

目付の家臣が斬殺され、流想十郎は下手人の始末を依頼される。幕閣の要職にある牧田家の姫君の輿入れを妨害する動きとの関連があることを摑んだ想十郎は、居合集団・千島一党との闘いに挑む。シリーズ第5弾。